写给孩子的诗词创作课

翁莉 著

中国出版集团公司
华文出版社

图书在版编目(CIP)数据

写给孩子的诗词创作课 / 翁莉著 . -- 北京 : 华文出版社, 2023.1
 ISBN 978-7-5075-5531-8
 Ⅰ. ①写… Ⅱ. ①翁… Ⅲ. ①诗词－诗歌创作－中国－青少年读物 Ⅳ. ① I207.2-49
 中国版本图书馆 CIP 数据核字 (2021) 第 250846 号

写给孩子的诗词创作课

著　　者：翁　莉
责任编辑：潘　婕
出版发行：华文出版社
社　　址：北京市西城区广外大街 305 号 8 区 2 号楼
邮政编码：100055
网　　址：http://www.hwcbs.cn
电　　话：总 编 室 010-58336239　发行部 010-58336238
　　　　　责任编辑 010-63429159
经　　销：新华书店
印　　刷：三河市龙大印装有限公司
开　　本：880mm×1230mm　1/32
印　　张：10.375
字　　数：220 千字
版　　次：2023 年 1 月第 1 版
印　　次：2023 年 1 月第 1 次印刷
标准书号：ISBN978-7-5075-5531-8
定　　价：59.80 元

版权所有，侵权必究

目 录

前 言 诗意地栖居

第一章 有趣的文字游戏——对联

第一节 对联的起源与发展　　003
　　一、何谓对联　　003
　　二、对联的源流　　003
第二节 对联的基本规则　　010
　　一、上下联字数相等，句子结构相同　　011
　　二、上下联相应位置词性相同，词义相关　　012
　　三、上联末字为仄声，下联末字为平声　　013
　　四、上下联内容相关　　013
　　五、牛刀小试　　015
第三节 从《笠翁对韵》看对联的内容　　019
　　一、何谓《笠翁对韵》　　019

二、为律诗创作做准备　　　　　　　　　020
　　　三、积累文学文化常识　　　　　　　　　022
　　　四、学习语言技巧　　　　　　　　　　　028
　第四节　对联习作赏析与修改　　　　　　　　032
　　　一、厘清上联中设置的玄机　　　　　　　033
　　　二、如何修改对联　　　　　　　　　　　040
　　　三、牛刀小试　　　　　　　　　　　　　047

第二章　最简单的韵文——绝句

　第一节　绝句的基本规则　　　　　　　　　　055
　　　一、何谓绝句　　　　　　　　　　　　　055
　　　二、关于诗歌的押韵　　　　　　　　　　057
　　　三、创作绝句的基本要求　　　　　　　　061
　　　四、牛刀小试　　　　　　　　　　　　　063
　第二节　写好调古意高的五绝　　　　　　　　066
　　　一、五言绝句的形成及特征　　　　　　　066
　　　二、五言绝句是如何做到调古意高的　　　068
　　　三、牛刀小试　　　　　　　　　　　　　073
　第三节　写好风调高华的七绝　　　　　　　　076
　　　一、七言绝句的形成及特征　　　　　　　076
　　　二、七言绝句是如何做到风调高华的　　　079
　第四节　如何让诗歌的气韵生动　　　　　　　085
　　　一、何谓"炼字"　　　　　　　　　　　085

二、什么样的字最值得"炼" 086
　　三、牛刀小试 094

第三章　戴着镣铐跳舞的精灵——律诗

第一节　律诗的基本规则 101
　　一、何谓律诗 101
　　二、律诗的基本特征 102
　　三、初学者如何写出律诗 110
第二节　如何快速成诗 114
　　一、常事常情皆可入诗 115
　　二、选取经典意象入诗 123
　　三、牛刀小试 128
第三节　如何写出规范的律诗：声律的规范 134
　　一、律诗创作真正的难点——平仄 134
　　二、律诗常见格律形式 138
第四节　律诗创作的常见问题与修改 144
　　一、诗歌的意象选择与全诗的情感基调不符 144
　　二、各联的韵脚字不完全在同一个韵部 146
　　三、颔联或颈联对仗不够工稳 148
　　四、诗歌的平仄不符合律诗的基本规范 151
　　五、真正的诗歌修改是综合的 155
　　六、牛刀小试 161

第四章　常用的诗歌创作技巧

第一节　常见意象与情感的对应关系　167
一、何谓意象　168
二、古典诗歌中常见的意象　169
三、意象与意境的区别　187
四、意象在诗歌中的作用　188

第二节　修辞手法在诗歌创作中的运用　192
一、比喻　192
二、拟人　194
三、夸张　195
四、借代　195
五、互文　197
六、用典　198
七、炼字　199

第三节　几种常见的写景方式　201
一、渲染与烘托　201
二、白描　203
三、动静结合　204
四、虚实　206
五、乐景写哀情　213

第四节　常见的抒情方式　215
一、直接抒情　215
二、间接抒情　216
三、牛刀小试　221

第五章 诗歌创作的艺术风格

第一节 诗歌的内容和意境　235
一、诗歌的内容　235
二、诗歌的意境　242

第二节 诗歌的体裁和语言　247
一、律诗与绝句的内在区别　247
二、五言与七言的内在区别　254
三、同一题材用不同体裁的诗歌来表达　268

第三节 诗歌创作者的艺术追求　271
一、诗歌创作的艺术追求　271
二、作者自身的心理需求　282

第四节 诗歌趣味练习　291

前言

诗意地栖居

一、诗歌离我们并不遥远

今人常以为古典诗词是一门遥不可及的高雅艺术。其实,诗歌离我们并不遥远,她就栖息在我们每一个人的灵魂中。真正的诗意是简单而直白的。人人口中都曾有过"桃花潭水深千尺,不及汪伦送我情"的感慨,人人心中都曾有过"剪不断,理还乱"的离愁。只要一支朴素的笔,一颗真诚的赤子之心,依照一个简单的规律,就能"以我手写我心",记录下生命中每一个华彩的瞬间。

但今天,绝大多数普通人从不敢涉足中国古典诗词创作领域,即便是热爱诗歌的文艺青年,也往往止步于反复吟诵前人诗篇,或在自己的文字中引用、化用前人诗句,很少敢于尝试着创作古典诗词。究其原因,大致有二:

一是不敢写。人们往往把"诗歌"和"经典诗歌"这两个概念混淆了,以为所有人写出来的古典诗词都会像《唐诗三百首》一样规范、精巧、充满诗情画意。殊不知,《唐诗三百首》是从数以万计的诗歌中精挑细选出来的精品。不用说古代普通读书人写的诗远达不到这个水平,即使王维、杜牧这样的大师本人,也不是每一首作品都能达到他们自己那些传世佳作的水平,被后人敬仰膜拜的。其实,每一位诗词圣手都是从孩童时代跟着塾师写些打油诗开始的。然后,一方面在形式上逐步规范、完善，最终写出比较"工稳"的诗词来；另一方面，随着年龄和阅历的增长，在诗歌的情感和意境上日臻成熟，最终沉淀出或豪放或隽永的诗词佳作来。所以，古典诗词创作并没有想象的那么难、那么高不可攀，只要敢于下笔，就能写得出来。

二是不会写。新中国成立七十多年来，学校教育在古典诗歌教学方面只要求读、背、赏析，关于中国古典诗词创作的指导基本上是一片空白。无论是过去的《中小学语文教学大纲》，还是现在的《教育部语文课程标准》，都从未对古典诗词创作有过要求。所以绝大多数中小学的语文课堂从未涉及此项内容。这就意味着，以6岁上学计算，现今社会，凡是78岁以下的人，除非是研究古典文学的专业学者或者古典诗词爱好者，其他人从未在学校教育中学习过如何创作中国古典诗词。所以，学生即使想写、敢写，也无从下笔。

本书就是为了帮助小学高年级到高中学段的孩子们，在零基础的前提下，初试中国古典诗词创作而作的。可以由孩子的语文老师或家长带着孩子一起读，一起写，亲身体验一下课本上要求背诵默写的唐诗宋词是如何创作出来的。有兴趣的孩子，入门之后可以继续研读诗词研究领域大师们的理论专著，逐步提高创作水平；志不在此的孩子，也可以通过自己的创作实践领悟创作的难点是什么，前人佳作到底好在哪里，李杜诗篇令人高山仰止的原因是什么。也就是我们常说的，从"外行看热闹"变成了"内行看门道"。即便经过学习之后，孩子认为自己不擅长诗词创作，以后也不会再写诗了，但提高了鉴赏水平也就完成了作为一个中国人必要的文化素养积淀。就像很多人小时候学过踢足球,长大了根本不再踢了,但这样的球迷看球评球也是半专业水平的,至少比门外汉们强百倍。

其实,诗歌,仅仅是一种用凝练的语言表达情感的韵文而已。既不艰深,也不神秘。《尚书·尧典》中说:"诗言志,歌永言,声依永,律和声,八音克谐,无相夺伦,神人以和。"意即:诗歌用语言来表达志向、情感,用音乐(歌)来配合这种文字的表达,且诗歌的声律要符合一定的规律。文字的声律讲求规律,就是韵文。相较于赋、骈文这些篇幅比较长的韵文,诗歌一般相对短小,多数诗歌体裁有字数限制。因而只有用简练的语言来写诗,才能在有限的字数内表达更丰富的情感,即所谓言简义丰。

中国的诗歌发展历经三千多年,源远流长,成就斐然。古典诗歌发端于远古时期的劳动歌谣,滥觞于《诗经》和《楚辞》,经两汉、魏晋时期五言诗、乐府诗的丰富与发展,伴着齐梁音韵学大发展的契机,终于催生了成熟的格律诗。涌现了初唐四杰、李杜、王孟、高岑、大历十才子、小李杜等一大批杰出的诗歌天才,从而创造了诗歌巅峰的大唐气象。一时间,诗歌成为全社会人人必备的交流方式,和尚、歌女皆能作诗。甚至连科举取士,都以作诗作为一项重要的考试内容。后来的宋、元、明、清诗歌也不乏优秀的作品。到了近代,诗歌渐渐成为一种小众创作、大众欣赏的艺术形式,虽则阳春白雪,却也日渐式微。

要想让诗歌恢复活力,提高普罗大众的文化审美情趣,让全民族进入追求精神享受的高层次生活,需要让诗歌创作普及开来。所以,当下应将诗歌拉回到我们普通人的日常生活中来。如果很多人能做到提笔记下生活中的感动和幸福,婚丧嫁娶、柴米油盐皆可入诗,诗歌这一古老的艺术形式,必将在华夏大地上焕发新生。

二、中小学生为什么要学习诗歌创作

学习创作古典诗词,是一个细水长流的过程。一个孩子可以从小学高年级开始,到高中毕业甚至进入大学,都一直断断续续地学习古典诗词的创作,只不过随着年龄的增长、阅读视野的扩展、生活阅历的增加,技法越来越成熟,作品的水平越来越高。这个学习的过程,入门也许很快,只需要几个月,但是提升的过程却是漫长的,而且上不封顶。甚至对有些孩子来讲,诗歌创作会成为终生的兴趣爱好,并且也从中获益终生。总结起来,一个孩子从中小学时期就开始学习古典诗词创作,主要有以下几大好处。

第一,传统文化的积淀可以改变人的气质。"腹有诗书气自华",说的是饱读诗书,就可以让人拥有一种由内而外的优雅从容气质。而这还仅仅是欣赏层面。如果我们更上一层楼,成为艺术作品的创作者呢?是不是会更浑身上下都散发着温润娴雅的文化意蕴呢?这答案无须多说,只需看看从小跳芭蕾的专业舞蹈演员走路、站立时的挺拔身姿,美院的绘画雕塑专业学生们那不羁的气质,就可以想见。一个人如果总能发现生活中的细节之美、浪漫的诗意,自己生活中的喜怒哀乐都能化作诗的语言表达出来,那将是怎样一个儒雅的谦谦君子,或优雅的窈窕淑女啊!

第二，诗歌创作可以提高人的精神生活品质。这一点和成人读诗、写诗，积累传统文化底蕴，过诗意的生活，是殊途同归的。诗歌可以为孩子未来整个人生的建构和提高生活质量服务。虽然柴米油盐皆可入诗，但生活并不仅仅有柴米油盐。如果一个人从少年时代就懂得生活中的美好幸福都可以用凝练优美的诗句记录下来，生活的所有琐碎不堪、伤心失意也都可以用诗来呈现，那么在漫长的人生旅途中，即便遇到再多挫折与痛苦，都可以用笔下的诗句作为宣泄的出口，不至于陷入负面情绪中难以自拔。同时，在人生的许多高光时刻和朋友聚会的快乐时光，出口成章，一挥而就，施展才华的幸福感和自豪感，也是人生难得的体验。

第三，诗歌创作能切实改变中小学生作文的语言面貌。诗歌是一种通过凝练的语言记录生活、描写景物、抒发情感的文学样式。绝句、律诗、词、曲，都是有字数限制的。如果一个孩子能在几十字的字数限制内，把事情叙述清楚，把景物描写得生动、具体、形象，把情感抒发得淋漓尽致，那么，如果给他 800 字的容量，写出文质兼善的好文章来便易如反掌了！所以，锻炼孩子用诗歌来叙事、写景、抒情，会在不经意间把他的语言习惯打磨得异常凝练、精美。经过这样的不断练习，他的考场作文，也应该是构思信手拈来、下笔酣畅淋漓的。

第四，自己创作过诗歌的孩子，在答古典诗歌鉴赏题时水平都比较高。这和作文写得好的孩子，在阅读和欣赏别人写的散文和小说时，会领悟得更深刻一些是同样的道理。中考和高考的试卷上都有古代诗歌鉴赏题，而且是一道分值比较高的题目。古代诗歌鉴赏题除了要求读懂诗歌，准确把握作者的情感态度之外，还要进行艺术手法层面的鉴赏。其中，虚实相生、乐景写哀情、动静结合等艺术手法，理解起来还是有一定难度的，因为离中学生的日常生活太过遥远了。但是，自己创作过古典诗词的学生就不一样了。本书的第四章和第五章，系统地介绍了诗歌创作者如何运用各种艺术手法来达到不同的艺术境界和艺术追求，并配有相应的练习。如果自己进行过这种创作实践的话，那么在试卷上评析前人所写的诗歌，就很容易精准到位。甚至可以结合自身在创作实践中的体验，写出"诗词鉴赏辞典"那种专业水准的赏析文字来。

三、给教师的使用建议

1. 降低标准，不以培养专业诗词创作者为目的

首先，我们要明确，教普通的中小学生写对联、写古典诗词，并不是为了把所有孩子都培养成专业诗人或专业诗歌评论家，而仅仅是为了普及传统诗词的创作常识，让更多的普通人具备诗歌创作和鉴赏古典诗词的文化素养而已。这一点和孩子们学弹钢琴是一个道理。绝大多数孩子学琴的终极目标不是当职业演奏家，甚至连在酒吧里当钢琴伴奏谋生都不可能，仅仅是在家里"弹着玩"，自娱自乐。那么，为了让孩子们愿意学、喜欢学、多学几首曲子，就不要执着地纠正孩子的指法、手型，只对孩子"又练会了一首曲子"大加赞赏就可以了。

要想普及古典诗词创作，就要让孩子们觉得"作诗"这件事简单

易学，人人都能在短时间内入门，而且随时随地可以和周围的人切磋一下，成为一种日常的业余爱好。如果古典诗词创作能像乒乓球一样，门槛低、上手快，人人会打，人人能打，自然就会形成全民普及、英才辈出的喜人局面。教育者只有想办法将古典诗词创作的入门难度降低，先让大众敢写、会写，才能在逐渐普及的过程中沉淀出大师和佳作来。

因而，作为热爱传统诗词、教学生写诗填词的语文教师，首先要放弃我们自己对古典诗词经典作品的执念，不要要求所有学生都能严格按照古典诗词的创作规则，写出规范的、富于韵味的优秀诗词作品来。否则，我们看学生的习作时，会觉得每一首诗、每一副对联都不合格，然后下手改得面目全非。这样一来，学生就不敢再写了，至少会产生极大的畏难情绪，导致教学推进十分困难。

2. 简化规则，降低古典诗词创作的入门难度

和学习任何一种新的知识技能一样，学习写诗也要由简而难、循序渐进，切忌一下子把最规范、最严谨的规则一股脑抛给初学者。那样看似科学、严谨，实则让初学者无所适从，根本无法下笔写了。这个问题在语文学科的写作教学中已经得到了有效的解决，一线教师都有切身体会，并且可以把教法迁移到古典诗词创作的教学中来。

回想我们教初中生写想象作文时的实际情况：老师当然知道想象作文本质上是在为写科幻小说做准备，也当然知道好的科幻小说应该具备哪些特征，但绝不能把每一个中学生都当作科幻小说作者来要求。如果把情节的吸引力、人物形象的丰满度、描写生动细致、环境

设置合理、科学层面的自洽等要求在初中学段就全都教给学生，即便教师不要求学生每一项都做到完美，单就需要同时考虑这么多维度的问题，就足以让绝大多数学生放弃学习。

所以在本书中，虽然最终目标是教初学者学会写古典诗词，但却把"格律诗"创作最重要的规范——押韵、对仗、平仄、粘对，拆解成各自独立的能力层级，分散到各个章节中，按照初学者的认知规律，用到什么讲什么，本着"字数由少到多、规则由浅入深"的原则，渐次推进。这就要求，每教一项新技能时，都要暂且忽略对更高层级的技能的要求，甚至不必让学生知道那些要求的存在。这样，学生的学习任务单一，目标容易达成，学习热情和学习效果会比较好。

例如，第一章用对联教初学者学习对仗，那就暂且不考虑对联的平仄要求，能在内容上对出来就可以了。第二章用绝句教初学者成诗，那就不提押韵以外的任何要求，忽略古绝和律绝的其他特征，能写出四个押韵的句子来，且内容流畅，组成了一首完整的诗就可以了。甚至连最严谨的律诗创作也是先给出一个不要求平仄和粘对的"最简公式"，目的是让初学者很容易地套作出一首"律诗"来。尽管严格意义上讲，这种不讲究平仄、粘对的诗是不能称作律诗的。但如果一上来就把律诗的所有要求都讲了，孩子们必然会顾此失彼，写不出诗来了。所以，我们宁可先放弃一些高阶的、比较难达到的要求，等学生能很顺利地写出四联八句的诗之后，再逐次增加要求。只要时间足够长，练习足够多，学生最终是可以把平仄、粘对、拗救等技巧运用自如的。

同理，艺术手法的学习就更要由浅入深，循序渐进了。当学生尚处在学习绝句、努力成诗的阶段时，他们对诗歌意境的理解尚浅，只能讲讲炼字的技巧。炼字的技巧直观易懂，也容易在自己的习作中试用，学生很容易就学会了。如果让他们此时就在自己的习作中尝试乐景写哀情、情景交融，基本上是痴人说梦。但到了学习的后期，学生经过了绝句、律诗的学习和创作实践，也跟着老师分析了大量古代经典作品的内容与技巧，此时尝试白描、虚实相生等相对高妙一些的艺术手法，就成为可实现的目标了。

舍是为了得，有舍才有得。只有在最初阶段舍弃一些严谨高雅的创作追求，才能把更多的孩子引领到诗歌创作的殿堂里来。这样做的好处是，任务单一、目标明确，实施起来简便易行。初学者很容易抓住要领，一旦试做成功，会有较大的成就感，非常有利于培养兴趣和信心，让初学者在兴趣和成就感的引领下主动地深入探究更高级的创作规则。

3. 循序渐进，评价学生作品要以鼓励为主

学生的创作，从本质上讲，只是对前人作品的模仿而已。模仿得合规则、有意境，就已经可以算是优秀习作了。因而，除了学习内容上要由浅入深、循序渐进，为初学者设计的习作和评价标准也需要由浅入深、循序渐进。

这一点跟学生学写议论文很相似：最开始我们给定的议论文作文题，通常只能是"团结就是力量""说规则"等在社会生活中已经有固定结论的低水平话题，学生也很难写出富于创造性的观点，连例

证都很可能是被无数前人用滥了的俗例。这时，评价学生作品的标准，就仅仅是是否符合议论文写作的基本范式而已。只要论点、论据、论证俱全，就可以算是初学阶段的一篇好议论文，教师就要大力表扬。这样一来，此时推出的范文很有可能存在非常多的问题。比如，材料的罗列堆砌、论证不够充分、论证层面过于单一单薄等。如果按照高考议论文的评判标准，初三学生初学议论文时写出的学生范文，根本就不是好文章，甚至不能算作规范的议论文。但此时，我们并不能为了追求范文的完美精准，就不顾学生的实际水平，拿高考的优秀例文强行对学生拔高。

诗歌创作的学习规律也是这样。尽管最终评价一首诗的高下，的确要看在立意、手法上是不是能自出机杼、不落窠臼，但教初学者写诗，却不可一上来就追求"诗无定法"、自由创意。那样只会让学生无所适从、难于下笔。例如，教对联时，如果只要求"以××景点为题写一副对联"，学生就会花很长时间想"针对景点的什么特征来写"这个问题，会有无从下笔的困惑。但如果从出好了上联只要求对下联开始，学生马上就可以按照对联规则对出下联。有了单纯对下联这个台阶，再慢慢过渡到让学生自己出上联，就比较容易了。写诗作词的习作要求也是如此。如果只提"请以'春'为题，写一首五律"，表面看是让学生自由发挥、不受限制，但在实际操作中，这种没有任何台阶铺垫的"尊重创意"，会让不少初学者止步于艰难的构思过程。但如果我们帮学生定好了几种备选的情感基调和建议使用的对应意象，学生马上就可以根据题目的提示，"组合"出一首很普通的诗歌来。这就解决了"能写"的基本问题。同时,因为只是"建议",所以并不至于限制了真正有创意、有才情的孩子,他们仍然可以创作出立意新、遣词雅、有灵性的好作品来。

4. 容忍不足,修改要适可而止

修改是诗歌创作进阶的重要途径。这与现代汉语小说、散文的创作过程是一致的,即好作品是改出来的。所以,本书在对联、绝句、律诗、创作技巧几章中,都专门设置了"习作赏析与修改"的内容,将初学创作的孩子们那些可圈可点的作品拿出来细谈得失,并给出了修改结果的示例。这样做,意在引导学生明确,读来感觉不精彩的诗句,其问题出在了哪里,怎么改才能言简意赅地表达原作者的意图。其实,无论学习创作何种体裁的作品,都需要经过这样一个手把手修改词句的过程。这样才能大大缩短学生自己摸索体悟的时间进程,达到迅速入门的目的。

但修改的过程不宜求全责备,每篇作品的修改只针对 1~2 个问题即可,其他瑕疵可以暂时忽略不计。学生初学古典诗词创作,习作是在入门级的简化格式框架下写成的。所以,即便句中有明显的平仄不恰当的地方,也不必马上给学生指出来。不要让学生有"我已经努力写了,但老师还在鸡蛋里挑骨头,指责我写得不好"的感觉。要让学生在教师的积极反馈中,加强正向的自我评价,越写越自信,越写越愉悦,力求激发学生"因为老师觉得我写得还不错,所以我还要再多写几首"的创作意愿。

本书各个章节所推出的学生习作，即便是修改后的答案示例，也都难免或多或少地存在一些瑕疵。第一章推出的对联优秀习作，不考虑平仄规范，因为学生还没学；第二章推出的绝句优秀示例，有可能用了古绝的形式但却押了平声韵；第三章的前两节给出的律诗优秀习作，也有平仄不工稳的地方……但为了保持学生作品的真实样貌，就都没做深度的修改。因为就学习进程本身而言，此时教师提的教学目标并没有要求每个细节都达到古典诗词的规范标准。在没提明确要求的前提下，想让学生误打误撞刚好写得非常符合规范，几乎是不可能的。但如果教师下手改动过大，学生会觉得"这已经不是我写的那首诗了"，感觉非常沮丧，不利于激发学生继续深入学习的热情。所以，对本书中的"优秀习作示例"所存在的阶段性问题，教师并没有做深度修改，意在让广大读者直观地体会到，诗歌创作教学的过程中，只有容忍过程的不完美和阶段性成果的瑕疵，才能最终达成让学生自信快乐地学习、成长、进步的教育目标。

5. 注重积累，让学生多读多背古典诗词

在批改学生习作时，我们会发现，往往有些孩子按照我们给的基本格式写出来了形似的律诗、绝句，但是感觉没有诗味，缺乏古典文化的意蕴，无法做到与优秀的传统诗词"神似"。这是因为，学生不熟悉一些经典的意象和情感在传统诗词中通常会用怎样的语言来呈现，所以他们的遣词造句都是现代化的。这些用现代化语言表述的诗句，的确会让人觉得读起来有点别扭。

解决这个问题也很简单，就是多读多背古典诗词。通过熟悉古人的语言表达方式，并自然而然地形成语感，把这些古诗词中常用的词汇和表达方式引入到学生自己的创作中来，作品自然就有诗味儿了。《唐诗三百首》中的五绝、七绝、五律、七律是背诵积累的首选。背诵这些作品，在积累内容的同时，还熟悉了古典诗词格律的基本形制。此外，《唐诗三百首》中的古风，数量庞大的宋词和宋诗，也都是非常好的诗歌语言范本。通过读背这些作品，学生知道了，"太阳"这个词用"金乌"来表达会更富于浪漫色彩；"月光照到地面"这个意思用"月华如水""明月松间照""愿逐月华流照君"等方式来表达，会更具诗情画意。"遗憾"这种情感在古人笔下可以变成直观的描写："但凭栏无语""烟花三月春愁""恨不相逢""空垂泪""徒劳送归客"，等等。多读多背，在创作之初多化用前人诗句，就能在入门的基础之上，比较快地上升到创造诗歌意境的层面上。学生的自我成就感也比较高。

总之，学习诗歌创作，虽然目标要高远，但过程要从实际出发，循序渐进。切不可好高骛远，求全责备。学习过程中的作品一定是不完美的，只能算是完成了这个阶段的学习任务的"半成品"，但这个过程却无法跳跃。要想让学生出口成章，信手拈来即是文质兼善的佳句，那么最初的学习过程就得从不规范、不严谨的打油诗似的习作开始写。在不断的练习、反复的修改中，逐步提高，也许某一天某个孩子就成为个中圣手了，也未可知。

四、家长如何帮助孩子学习诗歌创作

如果在学校老师给学生上诗词创作课的同时,家长希望在课下给孩子一些学习上的助力,那么,可以做以下两件事——

首先,将家庭日常生活的场景或外出时看到的自然风光,用大家耳熟能详的经典诗句表达出来。

例如,细雨蒙蒙的清晨,送孩子出门上学时,就可以指着湿润的街道对孩子说,"天街小雨润如酥,草色遥看近却无";秋天带孩子去爬山,看到满山的树叶都变红了,就可以告诉孩子,这就是"霜叶红于二月花";春天和孩子一起在河岸上散步,就可以指着岸边的柳树对孩子说,"万条垂下绿丝绦"多美呀;妈妈一下班就换下职业套装和高跟鞋,直接进厨房做饭,就可以告诉孩子,妈妈这是在为你和爸爸"洗手做汤羹";周末和爷爷奶奶一起吃饭,爸爸给老人盛饭夹菜,就可以教育孩子"谁言寸草心,报得三春晖";带孩子去家门口的小商店购物,却没有见到熟悉的店员,就可以用"人面不知何处去,桃花依旧笑春风"来感叹一下……

这样做既能帮助孩子真正理解他所背诵的古典诗词的含义,也帮助孩子养成了用诗歌语言来形容生活中那些充满温情的时刻和抬头可见的美景的习惯。既教会了孩子如何用诗歌表达情感,又积累了相当多的创作素材,即古人是如何形容浪漫的经典意象和真挚的情感的。日积月累下来,孩子就不至于在诗词创作过程中出现词汇枯竭、遣词造句过于直白、缺乏诗味等问题了。

其次，如果家长有兴趣，有时间，就和孩子同步学习古典诗词的创作，亲身体会一下每一个学习环节会遇到什么问题。

这样，当孩子在学习和创作过程中遇到困难，经过一段时间努力也没能掌握某些技巧时，家长就可以正确评估原因，不至于因为简单粗暴地批评孩子而引起亲子矛盾了。还可以时常和孩子一起同题创作，把自己的作品和孩子的作品放在一起互看互评，在切磋中共同成长进步。亲子共读共写，是在陪伴过程中激发孩子学习兴趣的绝佳途径。

总之，要让孩子觉得写诗是一件很有意思的事情，生活中随时随地都可以做。在父母的陪伴下边玩边学，在不知不觉中越走越深、越走越远，最终创作出文质兼善的诗词作品来。

五、其他需要说明的问题

1. 这仅仅是一本关于古典诗词创作方法的"识字课本"

这本小书的写作目的不同于多数指导成人创作古典诗词的书籍。笔者并非要与传统诗词创作的发烧友切磋技艺，交流创作体会，探讨何为上乘佳作，而仅仅是帮助没有创作基础的普通中小学生初涉诗词创作的圣殿，了解一点点创作常识，写几篇下水文尝试一下而已。绝大多数在校中小学生本身并不是古典诗词的爱好者，在开始学习之前，也没有多少孩子相信自己可以写出老师和家长要求自己背诵的那种诗词来。这有点像初中生开始学物理的时候。虽然每个孩子都要学习物理这门课，但并不是每个孩子都想成为物理学家，甚至相当多的孩子不但不热爱物理，还有点惧怕物理。在这样的前提下，如何把艰深晦涩的物理学知识化作通俗易懂的物理学常识，让普通孩子能够了解一些皮毛，指导日常生活，就成为初中物理课的主要任务。同理，这本小书也仅仅是为了消除孩子们与传统诗词创作的距离感，开始试着写一些具有诗歌意味的习作而已。

所以，本书的着眼点主要在于如何激发孩子对传统诗词的创作兴趣。收录的学生习作都是十二三岁的小朋友所写，不但笔法稚嫩，而且很多都不太严谨。但要想让孩子敢写，就得允许孩子做得不完美，并且对孩子们尚不完美的成品给予肯定。否则，绝大多数孩子就放弃了。如果有一部分学生真的在学习过程中对诗词创作产生了浓厚的兴趣，想进一步精研诗词创作技巧，成为诗词创作爱好者，那就需要继续研读王力先生、龙榆生先生等大师的专业理论著作。

2. 关于为什么没有"词"的章节

虽然词"别是一家"，但在明白了格律诗创作原理和基本规范的前提下，只要对照词谱，就能写出符合传统词格的习作来。所以从根本上讲，只要借助绝句和律诗学会了古典诗词创作的基本原理和规范，能写一些基本符合规范的律诗作品，自然就会填词了。只不过需要对照词谱的平仄、押韵要求，一一代入罢了。又由于律诗、绝句与词的创作原理和基本技法大致相同，二者最大的区别就在于各个词牌的具体字数、平仄、韵脚字的规定各不相同，需要逐一熟悉。如果对常用词牌一一介绍，篇幅会比较长，并且前人早已有许多成熟规范的词谱类著作了，所以本书中并没有设定专门的章节单独介绍词的创作。当然，各个词牌的风格、适于表达的情感、使用的场合以及诸多变体，都是非常值得学习和研究的内容，其中蕴藏着说不尽的学问。如果今后读者有需求，也可以考虑另立文字进行详细解读。

3. 关于现代诗

现代诗不同于中国古典诗词，既没有严苛的平仄要求，也没有字数限制，甚至连是否押韵都不计较。所以，从技术层面上来讲，不太容易进行统一的训练。笔者个人认为，一首现代诗只要具备以下特征，就可以称为优秀作品了——

其一，具有深刻的哲思或真挚的情感；

其二，构思巧妙，超越日常思维习惯；

其三，语言陌生化，极富创意。

这三条，除了语言的陌生化可以进行技术层面的训练，前两者都不是教师能够教得出来的，这与古典诗词的意境创设和诗歌风格同理。诗歌的深刻哲思来源于作者对生活中的人和事睿智的见解，并一针见血地表达出来。例如："卑鄙是卑鄙者的通行证，高尚是高尚者的墓志铭。"（北岛《回答》)"网"（北岛《生活》）。真挚的情感人人都有，只要通过优美的画面呈现出来，就能打动人心。如果这种优美的画面描写没有字数和押韵的要求，那么凡是能写好写景抒情散文的中学生就都能够把这种写作能力迁移到现代诗的创作中来，不必再额外学习。在现有的学校语文教学中，这样的训练已经很充分了，学生的掌握程度也比较好。例如下面这篇考场微作文,如果分行写,就是一首很不错的现代诗。

我想用诗记住你,与你的初见,是余光中淡淡的紫色爬上树梢,是仅仅擦肩而过却感到缕缕幽香充斥我的感官,沁入我的胸膛。我想用诗记住你,是你团团簇簇一同布满枝条,是我惊诧于你小小的花瓣,却能爆发出如此强烈的芳香。我想用诗记住你,是每个寂静的夜晚,你不卑不亢地站在一旁,用清香抚平我内心的浮躁。我想用诗记住你,是丁香终将随春天离去,你却将被我牢记在心里。(作者:尹思语,15岁)

而构思和创意是需要灵感的。经验告诉我们,绝大多数孩子在没有接受过多的社会化培养训练之前,反而更容易表现出超凡的灵感和绝佳的创意。例如,下面这首8岁孩子写的诗《挑妈妈》:

挑妈妈
朱尔(8岁)

你问我出生前在做什么
我答　我在天上挑妈妈
看见你了
觉得你特别好
想做你的儿子

又觉得自己可能没那个运气

没想到

第二天一早

我已经在你肚子里

这首诗的创意远远超越了绝大多数成年人的水平。笔者看后自叹弗如,实在不好意思把这么有灵性的孩子训练成我们这些世俗成年人的模样。

现代诗的创作教学,主要是从创设情境激发学生创作欲望和引导话题选择等角度进行尝试。此外,也可以做诗歌语言陌生化的训练,尝试用通感、移觉等修辞手法,引导学生模仿"尘封的记忆""银灰色的死""你是一树一树的花开……你是人间的四月天""面朝大海,春暖花开"这类独特的表达方式,以期实现诗歌意境的独特性和跳跃性。这与本书帮助学生突破严格细致的格律要求造成的创作障碍的目的并不完全一致。所以,基于上述原因,这本小书暂未设置有关现代诗的章节。当然,如果有机会,也可以另文讨论这些有趣的、值得研究的问题。

最后,以王国维的读书三境界与各位读者共勉——期待我们学习中国古典诗词创作的过程也在经历了"昨夜西风凋碧树,独上高楼,望尽天涯路"(晏殊《蝶恋花》)和"衣带渐宽终不悔,为伊消得人憔悴"(柳永《蝶恋花》)两个苦苦求索的过程之后,最终走到"众里寻他千百度,蓦然回首,那人却在灯火阑珊处"(辛弃疾《青玉案》)的第三重境界,于豁然开朗中,实现"诗意地栖居于天地间"的梦想。

　　我们读这本书本来是为了学习如何写格律诗的，那为什么要从对联入手呢？这要从格律诗的特征和要求谈起。格律诗最具代表性的是律诗。律诗的特征是四联八句，每一联的末字要押韵，中间两联，即颔联和颈联必须对仗。此外还有平仄等其他要求，本章就不一一赘述了。这里需要关注的是颔联和颈联必须对仗。什么叫对仗呢？简单来讲，就是写一副规定了字数的对联。所以，如果我们学会了写对联，那么在律诗当中做到颔联和颈联对仗就很容易了。所以我们在学习格律诗之前，首先要学会写对联。突破了这个难点之后，再慢慢学习如何写整首的格律诗。

第一章

有趣的文字游戏
——对联

 # 对联的起源与发展

一、何谓对联

对联是一种对偶文学，是我国特有的一种汉语言文学艺术形式。对联又称楹联，俗称对子，脱胎于诗歌对联和酒令，但又自成一体。一般认为，真正脱离了诗歌独立出来的对联起源于桃符，后来才渐渐发展出生活中的春联、婚联、挽联、建筑物门柱上的楹联等多种实用性的对联。这种实用性的对联比较注重内容上的应时应景，不拘字数和结构，只要上下句之间对仗工稳即可。古典诗歌中也含有大量对联，尤其是格律诗中的颔联和颈联，不但规定了五言或七言的字数，而且对仗工稳，平仄相合，读来朗朗上口。

二、对联的源流

1. 春联

对联源远流长，相传起源于五代后蜀主孟昶。他在寝宫门桃符板上的题词"新年纳余庆，佳节号长春"，谓为"题桃符"（见《蜀梼

杌》)。这要算是我国最早的对联,也是第一副春联(见《应用写作》1987 年第 1 期《漫话对联》)。庐陵何绍先在《对联汇海》中说:"考古家谓对联即桃符遗制,始于蜀孟昶而盛于明孝陵(按即朱元璋)。"悬挂春联原为公卿之家私享权力,明太祖朱元璋下旨京城士民诸户,门悬春联,故得以盛行。自此以后,民间便有了写春联的传统。

―(春联示例)―

上联:春满人间百花吐艳

下联:福临小院四季常安

横批:欢度春节

上联:天增岁月人增寿

下联:春满乾坤福满楼

横批:四季长安

上联:惠通邻里　门迎春夏秋冬福

下联:诚待世贤　户纳东南西北财

横批:吉星高照

2. 其他实用性对联

对联沿着春联这个发展方向,逐渐走入了寻常百姓的日常生活。由春节时写春联逐渐发展到端午节、中秋节等其他节日也可以写对联作为应景的娱乐（但这种对联一般不会贴到门上），进而发展到婚丧嫁娶皆要送婚联、寿联、挽联，成为百姓间礼尚往来的一种方式，并一直沿用至今，是今天生活中最常见的对联。

—(喜联示例)—

李渔五十岁得子自题楹联志喜

上联：一生好事无双日

下联：百岁闲身得半时

—(寿联示例)—

上联：勤劳换得良田遍野衣食无忧

下联：豁达迎来子孙满堂福寿双全

上联：晚年逢盛世朱颜伴白发莫道桑榆晚

下联：夕照沐苍松碧海映青天笑迎桃李人

—(挽联示例)—

金岳霖挽林徽因

上联：一身诗意千寻瀑

下联：万古人间四月天

范曾挽周恩来

上联：灰撒江河，看不尽波涛，涓滴都是人民泪

下联：志华日月，信无际光焰，浩气长贯神州天

3. 建筑物上的楹联

楹联，因古时多悬挂于楼堂宅殿的楹柱而得名，有偶语、俪辞、联语、门对等通称。以"对联"称之，则开始于明代。明太祖朱元璋提倡春联的推广，引发了对联这一文学样式的繁荣。大凡文人墨客游览古迹名胜，在赋诗留念之余，往往又增加了一项给所到之地题写楹联的活动。人们在新建或重修庙宇楼台时，也往往主动请人题写楹联，以彰显这个建筑的历史文化特征。士大夫们甚至在自己家里为书斋和厅堂题写楹联，或用以明志，或标榜祖宗功业，用以光耀门楣。

—（名联示例）—

湖南岳阳岳阳楼

上联：水天一色　洞庭西下八百里　后乐先忧，范希文庶几知道

下联：风月无边　淮海南来第一楼　昔闻今上，杜少陵始可言诗

北京潭柘寺题弥勒佛

上联：大肚能容，容天下难容之事

下联：慈颜便笑，笑世间可笑之人

顾宪成题东林书院

上联：风声 雨声 读书声 声声入耳

下联：家事 国事 天下事 事事关心

蒲松龄的书斋联

上联：有志者事竟成，破釜沉舟，百二秦关终属楚

下联：苦心人天不负，卧薪尝胆，三千越甲可吞吴

《红楼梦》中荣禧堂楹联（《红楼梦》第三回）

上联：座上珠玑昭日月

下联：堂前黼黻焕烟霞

4. 开蒙对课与文人间的唱和酬答

明清时期童子开蒙读书，除了读《三字经》《百家姓》《千字文》外，还要习字、对课。这"对课"指的就是练习对对联。通常是老师出上联，弟子对下联。从最简单的一字、二字、三字对起，逐渐增加到五字、七字、十一字、多字。鲁迅先生在"三味书屋"读书时，有一次，老师寿镜吾先生出了个"独角兽"联让学生对，有学生对了"两头蛇""四眼狗""八角虫""九头鸟"等，先生都不满意。之后鲁迅对了"比目鱼"，寿老先生拍案叫好，连声称赞。因为"独"不是数词，但有"单"意；"比"也不是数词，但有"双"意。而且"独角兽"乃祥瑞之物，"比目鱼"则是爱情象征，对得极妙。

这些读书人成年以后，依然会像儿时一样互相出联对句唱和酬答，而且，由于文人才子们驾驭文字的能力很强，往往能在这些游戏般的小作品中翻出新意，尽显才华。民间盛传，清代大才子金圣叹因事获罪，被问斩。在刑场上，儿子哭得泪人似的，金圣叹劝慰道："哭是没有用的。来，我出个上联你对对看——'莲子心中苦'。"儿子跪在地上肝胆欲裂，哪有心思想对联。金圣叹稍微思索一下说："起来吧，别哭了，我替你对出来了。下联可对'梨儿腹内酸'。"旁听者无不唏嘘。上联的"莲"与"怜"谐音，意为看到儿子悲戚之状深感可怜。下联的"梨"与"离"谐音，意为与儿子永别心中酸楚万分。这是一副极工巧的谐音借代联。死到临头，仍能谈笑自若，佳句迭出，金圣叹做人的胸襟气度确实令人感佩不已。不管传闻是否有附会的成分，这副对联的确是妙手天成的佳句，写作者的才华也着实让人赞叹。

此外，文人墨客们也常把自己的志向写成对联，用以自勉。

—（名联示例）—

孙中山自题联

上联：愿乘风破万里浪

下联：甘面壁读十年书

翁同龢自题联

上联：墨翻衫袖吾方醉

下联：腹有诗书气自华

林则徐自题联

上联：海纳百川，有容乃大

下联：壁立千仞，无欲则刚

明代解缙的讽刺名联

上联：墙上芦苇，头重脚轻根底浅

下联：山间竹笋，嘴尖皮厚腹中空

第二节 对联的基本规则

顾名思义，对联是要成"对"的，即由上联（又称：出句）和下联（又称：对句）所组成。上下联字数必须相等，内容上也要求一致，即上下联要能"联"起来，两句不相关联的句子随便组合在一起不能称为对联。如果是有意为之的"无情对"，则另当别论。

对联一般都是竖写，上联末字为仄声（多为现代汉语的三声和四声）贴在右边（上手），下联末字为平声（即现代汉语的一声和二声）贴在左边（下手）。

一直以来对对联的分类没有统一的标准，但总体可分为宽对和工对（又称严对）两大类。工对要求对仗工稳，不但要内容上一一对应，音律上也要按照"马蹄韵"的平仄节奏实现上下句间的对应关系。古代的文人名士学问高深、才华出众，他们留给后人的大多是工对。宽对则在声律和词性上都放宽了要求，一般非断句的节奏点上不拘平仄，不过分强调词性内部的小类一致，但又不失对仗的基本形制。

本章主要介绍宽对的写作方法。由于所采用的对联内容大多为生活中的实用对联，且又是针对初学写作的青少年，所以在写作要求上比一般意义的宽对还要低一些。这样有助于激发兴趣，让大家尽快走入传统对联创作的大门。学会了写生活中的对联，再转而写诗歌中的对仗联，就比较容易了。

针对初学者的对联基本规则——

上下联字数相等，句子结构相同；
上下联相应位置词性相同，词义相关；
上联末字为仄声，下联末字为平声；
上下联内容相关。

一、上下联字数相等，句子结构相同

上下联字数相等，不必解释。

所谓句子结构相同，是指上下联语句的语法结构（或者说其词组和句式之结构）应当尽可能相同，也即主谓结构对主谓结构、动宾结构对动宾结构、偏正结构对偏正结构、并列结构对并列结构，等等。工对所要求的按马蹄韵划分声韵节奏，即是在上下联句式结构一致的基础上，再添加平仄的要求。此处，我们就不在声律上苛责初学者了。如李白题湖南岳阳楼联："水天一色；风月无边。"此联上下联皆为主谓结构。其中，"水天"对"风月"皆为并列结构，"一色"对"无边"皆为偏正结构。这样，上下联读起来的节奏完全相同。如"愿 - 乘风 / 破 - 万里浪，甘 - 面壁 / 读 - 十年书"，上下句的第一组内容都是三字动宾短语，第二组内容是四字动宾短语，最后三个字又都是定中关系的偏正短语。读起来的节奏也都是"1-2-1-3"。比较长的对联，节奏也必须上下联一致。

二、上下联相应位置词性相同，词义相关

上下联相应位置词性相同指的是，上下联同一位置的词或词组应具有相同或相近词性。现代汉语的词汇分实词和虚词两大类。实词包括：名词（含方位词）、动词、形容词（含颜色词）、数词、量词、代词六类。虚词包括：副词、介词、连词、助词、叹词、象声词六类。首先是"实对实，虚对虚"规则，这是一个最为基本，含义也最宽泛的规则。某些情况下只需遵循这一点即可。其次是词类对应规则，即上述12类词各自对应。大多数情况下应遵循此规则。

上下联相应位置词义相关是指，将汉字中所表达的同一类型的事物放在一起对仗。古人很早就注意到这一修辞方法，并在《笠翁对韵》中做了系统的总结和举例。特别是将名词部分分为许多小类，如：天文（日月风雨等）、时令（年节朝夕等）、地理（山峰江河等）、宫室（楼台门户等）、草木（草木桃李等）、飞禽（鸡鸟凤鹤等），等等。最后是邻类对应规则，即门类相临近的字词可以互相通对。如天文对时令、天文对地理、地理对宫室，等等。（详见附录二《笠翁对韵》）

三、上联末字为仄声，下联末字为平声

什么是平仄？简言之，现代汉语普通话中，阴平、阳平为平，上声、去声为仄。古汉语四声中，阴平、阳平为平，上、去、入声为仄。严格意义上讲，对联对平仄的要求包括两个方面：（一）上下联平仄相反。一般不要求字字相反，但应注意：上下联末字（联脚）平仄应相反，并且上联为仄，下联为平；词组末字或者节奏点上的字应平仄相反；长联中上下联每个分句的尾字（句脚）应平仄相反。（二）上下联各自句内平仄交替。当代联家余德泉等总结了一套"马蹄韵"规则。简单地说就是"平平仄仄平平仄仄"这样一直下去，犹如马蹄的节奏，如：书山有路勤为径为○○●●○○●，学海无涯苦作舟为●●○○●●○。（○为平，●为仄。"学"字按《平水韵部》为入声）对联平仄问题不是绝对的，在许多情况下可以变通。如对联中出现叠字、复字、回文、谐趣、音韵，等等，可以视具体情况而定。有的因内容需要时也可以例外。

但对于初学者来讲，只要求"上联末字为仄声，下联末字为平声"，即"仄起平收"，就可以了。句内的平仄相间和上下联之间的平仄相对，可以慢慢尝试。

四、上下联内容相关

上面说到的字数相等、词性相当、结构相同、节奏相应和平仄

相谐都是"对","联"则是要内容相关。一副对联的上下联之间,内容应当相关,如果上下联各写一个不相关的事物,两者不能照映、贯通、呼应,则不能算一副合格的对联,甚至不能算作对联。当然也有"无情对"等例外,这里不做讨论。

一般情况下,上下联的内容除了相关之外,最好是有递进关系的,即下联内容最好比上联境界更高——如果写自然景物,最好上联写局部小景,下联写放眼看去的大景;如果写人,最好上联写个人际遇,下联写家国情怀;更多的是上联写景,下联写人。例如,如果上联写"风调雨顺",那么下联对"物阜民丰",就都在百姓衣食住行层面上,仅仅做到了内容相联。而如果下联对"国泰民安",就上升到了家国情怀的层面上。而上下联的内在联系在于,百姓因风调雨顺、衣食无忧而安,国家因百姓安居乐业而泰。再如,上联"墨翻衫袖吾方醉",写自己在读书写字过程中打翻墨盒沾湿衣袖却乐在其中的场景,下联"腹有诗书气自华",则上升到了对抽象的、人的气质与修养的层面的慨叹。但这只是一个锦上添花的要求,对于初学者来讲,不必强求。

此外,上下联尽量不用重复的字也是需要注意的问题。

值得一提的是,对联的难点在于出上联,这是一个定基调的创意过程。如果我们要求一个初学者在游览孔庙时针对孔庙写一副对联,会有很多人无从下手。但如果我们给出上联,只要求初学者按照上面的规则对一个下联,那么绝大多数人都能给出不错的答案。所以,一般在最初学习时我们只要求学习者对下联,随着学习的深入，才慢慢鼓励学习者尝试着出上联。但最终也不强求所有人都能出上联。

此外，为了减少初学者对对联乃至今后格律诗创作的畏难情绪，在本章节中我们暂且放弃了对对联正文的平仄要求，只强调上下联末字的平仄。这样大家会觉得对联的规则简单清晰、易于执行，就敢于下手写了。至于平仄，大家读自己和别人对的下联时，自然会感觉到有的朗朗上口，有的读起来有点别扭。这就是讲不讲平仄的差异了。在本章中，不必每联必求工稳。

五、牛刀小试

1. 2009 年，在参观大同云冈石窟时，我曾经现场给学生出了一个上联。这是学生第一次当场限时对下联，所以对得不太工稳。但对于初学者来讲，在有时间压力的情况下，做到形似就可以了。

上联：北魏兴国，一锤定千古（教师）
下联：如来含威，一坐震九州（廖京仪，10 岁）
　　　南朝烟雨，君身抵万金（童晓宇，11 岁）

从结构上来讲，上联的"北魏兴国"是主谓短语，"定千古"是动宾关系的短语，而"一锤"是"定"字的状语。内容上，上联写北魏时期开凿石窟，一锤下去佛像屹立千古。声律上，只坚持了末字

"古"为仄声。

前一个下联，基本上可以算是对上了。从形式上看，"如来含威"是主谓短语，"一坐震九州"也与上联结构、词性相同。内容上写石窟中雕刻的如来佛祖威震九州，也正与上联相合。"如来"对"北魏"，都是名字，"坐"对"锤"，"震"对"定"，"九州"对"千古"，也都很相合。只"一"字重用，是一点小遗憾。末字"州"是平声，符合仄起平收的规则。

后一个下联，则对得不太成功。虽然小作者的构思很好，内容上写南朝佛教盛行时"南朝四百八十寺，多少楼台烟雨中"的盛况，与上联写北魏用石窟造像来传播佛教巧妙呼应。"南朝"对"北魏"，"万金"对"千古"，也似乎恰到好处。但从形式上看，"南朝烟雨"是偏正短语，"君身抵万金"是一个主谓宾结构的小句子，都没能与上联对上。

2. 游悬空寺，再试当场限时对下联，就比上一次有了一些提高。

上联：古刹悬空，历千年风雨，岿然不动（教师）
下联：名山屹立，经历朝世事，毫发未伤（霍宇琦，10岁）
　　　高山恒立，经万载寒暑，巍峨挺拔（刘雨沙，10岁）
　　　翠壁峭立，经万古沧桑，遥相翘望（余牧卿，10岁）

上联由主谓短语"古刹悬空"、动宾短语"历千年风雨"（内含状语和中心词关系的偏正短语"千年风雨")、状语和中心词关系的偏正短语"岿然不动"串联而成。内容上比较简单,仅仅交代了悬空寺修建于千年前。

三个下联非常相似,都是写悬空寺所在地北岳恒山的。但无论从结构上还是内容上,都做到了与上联一一相对应,声律上,"伤"和"拔"也与上联末字构成了"仄起平收",比较工稳。只有第三个下联的末字不是平声,如改为"遥相应答",会更恰当一些。

3. 登泰山时,师生现场对联,就又进了一步。我出的上联更复杂了一些,学生对的下联也更富于文采了一些。

上联:东岳封禅,赏日出天山,恰层云荡胸,不输秦皇汉武(教师)

下联:泰山朝圣,登玉皇极顶,感一览众山,堪比康熙乾隆(冯芯竹,11岁)

中山兴国,聆高山流水,似余音绕梁,堪比伯牙子期(刘欣磊,11岁)

天下至尊,观奇景山映,意览众山小,回望秦时月明(毕行健,12岁)

黄河临岸,观瀑落虎口,送羌笛远上,似遇高适岑参(刘知行、隋绍丹,11岁)

南天巍峨,漫青烟袅袅,逢造化阴阳,徘徊九霄人间

（周栀子，11岁）

西域联姻，孤星耀戈壁，闻琵琶胡语，艳绝明妃文成

（田奇睿、陈宇飞）

这组对联最主要的能力训练点是化用前人诗句和典故。为了让学生能准确地读出所化用的诗句，上联几乎直接引用了学生刚刚学过的杜甫《望岳》和毛泽东《沁园春·雪》的词句，也因此在声律上做了一些牺牲，仅仅保证了末字仄声。所幸孩子们领悟到了用典的技法，分别化用了"一览众山小""伯牙子期高山流水""秦时明月汉时关""黄河远上白云间""羌笛何须怨杨柳""造化阴阳割昏晓""千载琵琶作胡语"等诗句和典故，下联也都做到了末字平声，基本实现了出这道题的目的。

第三节 从《笠翁对韵》看对联的内容

一、何谓《笠翁对韵》

《笠翁对韵》是从前人们学习写作近体诗、词,用来熟悉对仗、用韵、组织词语的启蒙读物。作者是明末清初的戏曲学家李渔,号笠翁,因此叫《笠翁对韵》。全书按韵分编为两卷,收录了平水韵的三十个韵部:卷一是上平声的 15 个韵部,卷二是下平声的 15 个韵部。因为律诗要求押平声韵,所以此书可以看作专为学写律诗做准备的初级教材,主要解决颔联和颈联的对仗工稳问题。从单字对到双字对、三字对、五字对、七字对再到十一字对,声韵协调,朗朗上口。《笠翁对韵》把常见的韵字都组织进了韵语中,这些韵语又都是富有文采、符合格律的对子,内容包罗天文、地理、花木、鸟兽、人物、器物等,辞藻丰富优美,典故众多。《笠翁对韵》自诞生至白话文取代文言文的三百年间,一直是儿童的启蒙读物,熟读此书,对孩子遣词造句、对对联、作诗都有很大的帮助。

二、为律诗创作做准备

《笠翁对韵》的每一组韵文里都会有一字对、二字对、三字对、五字对、七字对和十一字对,按由少到多的顺序排列。这个字数就决定了其为律诗服务的性质。一字对和二字对实际上是字和词之间词性、词义对应关系的示范,如"天对地,雨对风。大陆对长空"。三字对实际上展示的是短语之间相互关系、内部结构和文字内容之间的对应关系,如"垂钓/客,荷锄/翁""修/月斧,上/天梯"。五字对和七字对本身就是五言律诗和七言律诗的基本形式,如"密云/千里合,新月/一钩弯""画阁/江城/梅作调,兰舟/野渡/竹为歌"。而五字对实际上是二字对和三字对的组合。七字对是两个二字对和一个三字对的组合。而十一字对是两个二字对和一个七字对的组合,如"满院/松风,钟声/隐隐/为僧舍;半窗/花月,锡影/依依/是道家"。这样绕来绕去,我们发现一字对、二字对和三字对是基础,五字对、七字对和十一字对是组合起来在律诗中的使用效果。所以单从字数上面我们就可以明确地知道,如果把《笠翁对韵》学会了、用好了,可以直接把它的内容搬进律诗里面去。所以,这是一本非常好的、为写律诗服务的工具书。

以《笠翁对韵·卷一·一东》的第一组韵语为例:

天对地,雨对风。大陆对长空。山花对海树,赤日对苍穹。雷隐隐,雾蒙蒙。日下对天中。风高秋月白,雨霁晚霞红。牛女二星河左右,参商两曜斗西东。十月塞边,飒飒寒霜惊戍旅;三冬江上,漫漫朔雪冷渔翁。

韵语中只有加点字才是一东韵部的韵脚字。其他的字都是作者李渔专门为示范对对联而加出来的内容。

一字对:"天"和"地",是大自然中最常见的一组对应关系。"风"和"雨",同为自然界的天气现象。

二字对:"大陆"和"长空",陆地和天空是相对应的内容,"大"修饰"陆","长"修饰"空",刚好都构成了定中关系的短语。"山花"和"海树",山上的花和海里的树,这两组内容是相对的。"赤日"和"苍穹",日是太阳,穹是天空,天空和太阳这两个名词是相对应的,赤是红色,苍是蓝色,这两个颜色相对。赤日和苍穹分别都是定中关系的短语。"日下"和"天中",同样是"日"和"天"这两个名词相对,"下"和"中"是两个方位名词,合起来表达了太阳之下、天空当中这两个位置。

三字对:"雷隐隐"和"雾蒙蒙",雷和雾同为自然现象。雷鸣的声音用"隐隐"来形容,表达雷声的沉闷这个特征。雾用"蒙蒙"来形容,是表达它朦胧的特征。雷隐隐和雾蒙蒙都是主谓关系的短语。

五字对:"风高秋月白,雨霁晚霞红",这实际上是两个二三结构的句子。"风高"是主谓短语,风在很高的地方吹。秋天的月亮,颜色是白的,这是主谓关系的短语。"霁"是雨过天晴的意思。雨过天晴之后,晚霞变成了红色的。晚霞和秋月是相对的,红和白颜色相对。风高对雨霁,秋月对晚霞,白对红,这是一个标准的五言律诗的律句。

七字对:"牛女二星河左右,参商两曜斗西东。""牛女"是牛郎星和织女星,"参商"指参宿和商宿,两个星宿刚好是相对应的关系。"二星"对"两曜","曜"是光芒的意思,是太阳光照耀。所以星和光正好相对。"河"指银河,"斗"指星斗,"河"和"斗"相对。"左右"和"西东"都是方位名词。所以,这是一个七言的标准律句,对得非常工稳。

十一字对:"十月塞边,飒飒寒霜惊戍旅;三冬江上,漫漫朔雪冷渔翁。""十月"对"三冬",都是时间和季节,"塞边"和"江上"都是地点名词。飒飒的寒霜,对漫漫的朔雪。"惊戍旅"是指使戍边的将士们惊慌,"冷渔翁"是指使渔翁感到寒冷。后两句的七字对同样是工稳的律句。

三、积累文学文化常识

1. 了解古代的生活习俗

古人的生活跟今天的现代生活是非常不一样的。农耕时期的男耕女织以及他们日常生活中的礼尚往来,今天已经见不到了。但是,我们在读《笠翁对韵》等古代作品时,却可以从中一窥古人生活的日常风貌。我们可以把古人生活中的一些专有名词用到自己的对联当中,这样,我们笔下的对联就更具古典诗意美了。

例如,《笠翁对韵·卷一·五微》中:"衰对盛,密对稀。祭服对朝衣。鸡窗对雁塔,秋榜对春闱。乌衣巷,燕子矶。久别对初归。天姿真窈窕,圣德实光辉。蟠桃紫阙来金母,岭荔红尘进玉妃。霸王军营,亚父丹心撞玉斗;长安酒市,谪仙狂兴换银龟。"

选文中加点的字都是含有古代生活特有习俗的内容。

祭服对朝衣,朝衣指的是大臣上朝时穿的衣服,而祭服是大臣们参加国家的春秋祭祀大礼时穿的衣服。所以这二者是相关的,都是官员在国家重要活动中穿的衣服。

秋榜对春闱,这是古代科举考试的两个时间点。古代科举考试分乡试、会试和殿试三级。乡试是省一级的考试,一般在秋季,八月举行,所以又称"秋闱"。考试之后放榜公布谁考中了,考中者称为举人。会试在乡试的第二年春天举行,属于中央一级的考试,又称"春闱"。春闱之后放榜公布谁考中了,这是贡士。殿试由皇帝来主持,在朝堂上举行。考生最后分为一、二、三甲,这就是"进士出身"。

久别对初归,是指人们常说的夫妻"久别胜新婚"。古人认为女子本是夫家的人,只是出生寄养在娘家而已,出嫁即是回家,所以古代女子出嫁称为"来归"。"初归"是指新婚。

例如,《卷一·六鱼》中:"吾对汝,尔对余。选授对升除。书箱对药柜,耒耜对樏锄。参虽鲁,回不愚。阀阅对阎闾。诸侯千乘国,命妇七香车。穿云采药闻仙女,踏雪寻梅策蹇驴。玉兔金乌,二气精灵为日月;洛龟河马,五行生克在图书。"

选授和升除,都指的是授予官职。选是选拔,授是授予,升是升官,除是任命,所以这四个字意思是完全一样的。

耒耜和耰锄，都是农具。这些农具在我们今天的生活中已经不太常见了。

阀阅和闾阎，阀阅本来指的是功勋和经历，后来引申为有功勋和经历的世家大族，再后来就引申泛指门第和家世。闾阎本来指的是里巷内外的小门，后来引申为平民的居所，最后用来泛指平民生活的地方。所以这是同一类事物中两个相反的内容，刚好是对联中相反的对应关系。

玉兔和金乌，玉兔指月宫中的玉兔，金乌指古人认为太阳中住着乌鸦，在太阳的光芒下，乌鸦看上去是金色的。所以古人用玉兔代指月亮，用金乌代指太阳，既富于美感，又能体现日月的精灵之气。

2. 了解文化典故

《笠翁对韵》给出的韵文中涵盖了大量古代的文化典故。如果我们能够把这些典故理解了，掌握了，并用在自己的对联里的话，将会使我们的对联非常富于文采，言简意丰。例如：

"鱼书对雁字"：古人有"鱼雁传书"之说。古代人常用一尺长的素笺来书写家信，人们常常把这个素笺折成一条鱼的形状。还有传说说，有人可以把这书信藏在鲤鱼的肚子里，鲤鱼顺着河流到了下游，被家人捕获，信就寄到了亲人手中。这就是鲤鱼传书。相传也有用大雁传书的。有记载说苏武被扣匈奴19年不得归汉，于是他把一封给汉天子的信绑在一只大雁的腿上。天子在上林苑狩猎的时候，射到了这只足系帛书的大雁。于是，大汉天子根据这封从鸿雁腿上找到的苏武寄来的书信，向匈奴单于索要，并且迎回了苏武。所以就有了鱼雁传书的典故。

"参虽鲁，回不愚"：分别出自《论语·先进》："子曰：柴也愚，参也鲁，师也辟，由也喭。"《论语·为政》："子曰：吾与回言终日，不违，如愚。退而省其私，亦足以发，回也不愚。"是孔子对两位得意门生性格的评价——曾参憨拙沉寂，颜回并不愚钝。

"黄盖能成赤壁捷，陈平善解白登危"：《三国志·吴书》中说，黄盖献火烧之计于周瑜并用苦肉计去诈降曹操，最后成就了赤壁之战中东吴联军的胜利。汉高祖刘邦亲自率领 32 万大军迎击匈奴，在大同平城中了匈奴诱兵之计。刘邦和他的先头部队被围困于平城白登山达 7 天 7 夜，完全和主力部队断绝了联系。后来，刘邦采用陈平的计谋，向冒顿单于的阏氏（冒顿妻）行贿，才得脱险。这两个典故都是战争中以少胜多的计谋，属于非常登对的同一类事件。

"霸王军营，亚父丹心撞玉斗；长安酒市，谪仙狂兴换银龟"：《史记·项羽本纪》中记载，在楚霸王项羽的鸿门宴上，亚父范增曾直接拿剑击破了刘邦送给他的一对玉斗，并感叹刘邦将来一定是夺取霸王天下的心腹大患，表明了他对霸王的一片忠心。唐代孟棨的《本事诗》中记载，李白初次遇到贺知章是在长安的酒肆中。贺知章惊叹于李白的才华，称他为"谪仙人"。喝完酒，贺知章发现自己没有带钱，于是解下了自己描了金饰的龟袋来作为酒钱。后来贺知章去世，李白专门写了一首诗来回忆当年金龟换酒的情谊。这两个典故表达的都是一个人对另一个人的深情厚谊，一汉一唐，跨越千年，但却恰到好处，相得益彰。

"疏影暗香，和靖孤山梅蕊放；轻阴清昼，渊明旧宅柳条舒"：相传宋代著名隐士林逋（字和靖）曾经隐居在杭州西湖的孤山，以梅为妻，以鹤为子，并在《山园小梅》一诗中称赞梅花"疏影横斜水清浅，暗香浮动月黄昏"的孤傲之气。陶渊明宅前种了五棵柳树，所以自号五柳先生。这里提到的"渊明旧宅柳条舒"就是这个典故。二者都是远离尘凡的清高隐士，且中意的事物一梅一柳，也对得恰到好处。

"玉兔金乌，二气精灵为日月；洛龟河马，五行生克在图书"：这组对联的对句，用的是《河图》和《洛书》的典故。相传在上古时代，黄河中的龙马出来作怪，吃人。伏羲听说之后就去降服了龙马，龙马潜入河中给伏羲背上来一块玉版，作为放生自己的回报，这就是《河图》。伏羲细看龙马身上的花纹，再琢磨《河图》上的图案，一下悟出了八卦图。后来，后人在伏羲的八卦的基础上写成了《易经》。相传大禹治水的时候凿开了龙门湖底，浮出了一个很大的乌龟。这个乌龟给大禹驮来一块玉版，这个玉版就是《洛书》。后来大禹根据《洛书》上的指点，整理出来了很多国家的法令，把天下治理得非常好。这副对联，上联的玉兔金乌是指日月，下联是指阴阳五行，刚好是同类事物相对应的关系。

3. 学习化用古诗文

我们用现代文来写文章的时候，常常化用古诗词来增加文章的文化意蕴。但化用古诗词和引用不一样，不是把诗句原封不动地搬上去,而是把诗词当中的主要内容保留下来,改变成自己的话,使之与自己文章中的其他语言融为一体,但是又能让人一眼看出来是某一句古诗词的再现。这就需要学习这种技巧,并反复练习,才能运用得非常纯熟。我们在《笠翁对韵》里可以看到大量的这样化用古诗词的对联范例。

例如,《卷一·五微》中:"贤对圣,是对非。觉奥对参微。鱼书对雁字,草舍对柴扉。鸡晓唱,雉朝飞。红瘦对绿肥。举杯邀月饮,骑马踏花归。黄盖能成赤壁捷,陈平善解白登危。太白书堂,瀑泉垂地三千丈;孔明祀庙,老柏参天四十围。"

加点的词语就是化用诗句的部分。

"红瘦对绿肥",出自李清照的《如梦令》"试问卷帘人,却道海棠依旧。知否,知否,应是绿肥红瘦"。

"举杯邀月饮",出自李白的《月下独酌》"举杯邀明月,对影成三人"。

"骑马踏花归",出自孟郊的《登科后》"春风得意马蹄疾,一日看尽长安花"。

"太白书堂,瀑泉垂地三千丈",出自李白的《望庐山瀑布》"飞流直下三千尺,疑是银河落九天"。

"孔明祀庙,老柏参天四十围",出自杜甫《古柏行》"孔明庙前有老柏,柯如青铜根如石。霜皮溜雨四十围,黛色参天二千尺"。

四、学习语言技巧

1. 不同词性间也可以形成"对"的关系

"上下联句子结构相同,相应位置词性相同,词义相关",是对联的各项基本规则中最为重要的一条,即如果上联的第五个文字是表颜色的形容词,那么下联的第五个字也必须是表颜色的形容词。否则,就失去了"对"的意味。

但也偶有例外的时候。

有时候,有的介词也有动词义项,例如:"在",既可以作介词,引出处所或对象;也可以做动词,当"处在"讲。"为",既可以作介词,当"为了"讲,引出对象;也可以作动词,当"作"讲。这时候,这种身兼二职的词在句子中可以被自由地理解为其中任一种词性,上下联中与之相对应的词语只要符合它所兼有的两种词性中的任意一种即可。

此外,动词和形容词都可以在句子中充当谓语,所以,有时会出现上联的谓语是动词,下联的谓语是形容词的情况。由于二者同样起到描述主语的情况、状态的作用,所以,读起来会感觉对仗非常工稳,没有丝毫违和感。例如:

三径风光,白石黄花供杖履

五湖烟景,青山绿水在樵渔

陶渊明《归去来兮辞》中有"三径就荒,松菊犹存"的句子,所以,这组对联中,上联的意思是:田园里的白石、菊花种种景物,可供隐者扶杖著履而游。下联的"五湖烟景"出自唐代崔涂诗:"自是不归归便得,五湖烟景有谁争。"又与张志和弃官弃家,浪迹江湖,隐居于太湖流域,"扁舟垂纶,浮三江,泛五湖,渔樵为乐"的典故相呼应。上下联都是对隐居生活的向往与赞叹。

上联的"供"字是动词"提供"的意思,而下联的"在",此处的含义实际上是介词,起引出对象的作用。虽词性不同,但二者都分别与归隐生活的某个代表性事物相连,上下联的呼应关系非常吻合。再如:

> 金锁未开,上相趋听宫漏永
>
> 珠帘半卷,群僚仰对御炉熏

"宫漏"指皇宫中计时用的铜壶滴漏,下联用御用香炉来与之相对,非常合适。"上相"和"群僚"在"金锁未开"的殿外等待上朝,君王还未出来,大家只能对着一直在熏香的香炉和一直在"滴漏"计时的铜壶滴漏等待。这里,上联中"永"这个形容词和下联中"熏"这个动词,起到了相同的作用,表达了相类似的含义,所以读着感觉对仗很工稳。

2. 词类的活用

在古代汉语中常常会有"词类活用"现象,比如,名词作动词:"太子及宾客知其事者皆白衣冠以送之"(《史记·刺客列传》),意为"穿戴衣冠";名词作状语:"吾日三省吾身"(《论语·学而》),意为"每天";形容词作名词:"小学而大遗,吾未见其明也"(《师说》),

意为"小的方面，大的方面"；使动用法："必先苦其心志，劳其筋骨"（《孟子·告子下》），意为"使……苦""使……劳"；意动用法："吾妻之美我者，私我也"（《战国策·齐策一》），意为"认为……美"；为动用法："等死，死国可乎"（《史记·陈涉世家》），意为"为……而死"；等等。这些用法也可以引入到诗句和对联中来。词性被活用之后，一方面满足了上下联对仗时"相应位置词性相同"的要求，另一方面，也使句意更顺畅，句式表达更活泼。例如：

蟠桃紫阙来金母，岭荔红尘进玉妃

上联用蟠桃宴的传说，讲华丽的宫殿和蟠桃盛会使西王母都来了，下联则化用了杜牧的诗句"一骑红尘妃子笑，无人知是荔枝来"。这里的"来"字就是使动用法，意思是"使……来"。例如：

花萼楼间，仙李盘根调国脉

沉香亭畔，娇杨擅宠起边风

上联用李白作《清平调》三首借赞牡丹赞杨贵妃，下联则直接写唐明皇专宠杨贵妃导致了安史之乱从唐帝国的北方边陲动地而来。这里的"起"字也是使动用法，意为"使……兴起"。例如：

色艳北堂，草号忘忧忧甚事

香浓南国，花名含笑笑何人

上联用反问的方式说忘忧草可以让人忘掉令人忧愁的事，下联也是反问含笑花在嘲笑谁啊。这里第一个"忧"和第一个"笑"都用作了名词，跟下一个用作动词的本意连缀起来，使整句话意趣盎然。

总之,《笠翁对韵》这本书是对联的入门捷径,读懂、用好此书,会使初学对联和诗歌创作的人迅速进入传统文化的语境,并比较顺利地过渡到整首诗创作的层面上去。

对联习作赏析与修改

对联创作是一个以实践为主的过程。我们借助《笠翁对韵》熟悉了对联的基本表现形式,但还是需要通过大量的练习来真正提高创作水平。初学者的对联创作水平只有在不断创作和修改过程中才能有所提高。那我们如何评价一副对联创作得好不好呢?标准就是,上联要"巧",下联要"妙"。

所谓上联要"巧"涵盖两个意思:一是上联在文字运用上设置了一些很精巧的机关,有文字游戏的意味,对下联设置了一些小的障碍和难度。二是上联不但在内容上定了调,引导了下联对出的方向,还能巧妙地为下联留出余地,让下联比上联的境界高得上去。这就是上联定调定得非常"巧"。

而下联的"妙"则体现在:第一,准确识别出了上联所设置的文字游戏机关,而且在下联中清晰正确地与之相对应,在技巧上实现了"对"。第二,下联确实比上联的内容更深广,境界更高远。上下联通读下来之后,觉得意思既连贯又递进,实现了"联"的一致贯通。这就叫下联对得"妙"。

一、厘清上联中设置的玄机

前面提到过,出上联远比根据上联内容对下联难得多。所以,初学者一般会从对下联的练习入手学起。

练习对下联的时候,首先要分析上联中给我们设置了什么样的玄机。这玄机包括内容上和形式上两方面:

1. 在内容上限定了下联

上联在这一副对联当中起到了定调的作用,即确定了这副对联要写什么内容,从哪里入手写,也就是确定了写作内容和写作方向,而且通常会给下联留一些写作和发挥的余地。

—(**名联赏析**)—

顾宪成题东林书院

上联:风声　雨声　读书声　声声入耳

下联:家事　国事　天下事　事事关心

内容上——书院是年轻学子读书的地方,当然满耳琅琅书声。所以,上联定的基调就是要描写这个琅琅的读书声。但它的切入点是风雨声。在古人的语境中,"风雨"是有比喻意义的。当说一个国家国势衰微、每况愈下时,我们通常用风雨飘摇来形容。所以这个"风声　雨声　读书声",其实说的是国家的命运与琅琅的书声,都进入了学子们关注的视野。

这就等于给下联留了一个余地,可以写除了读书以外,学子们今后要怎样报国。所以下联对的就是"家事　国事　天下事　事事关心"。学子们在这里不能两耳不闻窗外事,一心只读圣贤书。对天下事不但要闻,还要以天下兴亡匹夫有责的襟怀,做到事事关心。

—（习作示例）—

上　联：大明湖畔,追思稼轩当年金戈铁马（教师）

下联一：趵突泉边,遥想易安旧日颠沛流离（刘欣磊、陈宇飞,11 岁）[1]

下联二：趵突泉边,遥想曾巩旧日秋茗春茶（冯芯竹,11 岁）

下联三：五丈原前,怀想孔明阵前巧借东风（田奇睿,11 岁）

下联四：零丁洋边,回想天祥故时坚贞不屈（李思睿,11 岁）

下联五：汨罗江岸,回荡屈原故日仰天长息（林依阳、鲍文硕,11 岁）

下联六：月牙泉边,回想张骞故时驼铃声声（蔡家骥、汪弈如,11 岁）

下联七：长安城中,默望九朝昔日胜败兴衰（周栀子,11 岁）

这个上联显然是针对济南的历史文化名人作的,提到了在大明湖

---

[1] 本书中标注的作者年龄,指创作该作品时的年龄。

畔追思辛弃疾当年率部南归的豪气干云。其实这就从内容上限定了下联，要么写跟辛弃疾同时代的历史文化名人的典故，要么写辛弃疾自己诗词作品中的内容，要么写有关济南的其他人和事，才能够对得上。

我们来按照上联的设定看看这几个下联。下联三、四、五、六、七，其实都对得很好。无论是在长安城抚今追昔，还是写文天祥、诸葛亮、张骞、屈原，这几个下联的内容都有一定文化意蕴，比较恰当。按照对初学者不苛求平仄的标准，对仗就算比较工稳了。另外，有一点值得大家注意，那就是古人很少直接称呼他人之名，因为不礼貌。所以，把天祥改为文山，用他的号对应辛弃疾的号，最为恰当。但这几个下联有一个共同的缺点，与上联所写的宋代词人辛弃疾不处于同一时代，内容上相去甚远，构不成"联"的感觉，没有情感层面的意蕴贯通。

而下联一的李清照和辛弃疾同为济南人，同样生活在金兵南下的国破家亡之际，同为词宗圣手，一个承豪放派之衣钵，一个集婉约派之大成。二人既有相通之处，又有对立的地方，可谓对立统一，相辅相成。所以，下联一对得最好。下联二的曾巩也是宋代文人，且上联写辛弃疾侧重金戈铁马的以武报国，下联写曾巩则侧重闲来品茗的文人生活，一文一武，相得益彰，也可以算是好联。

2. 形式上设定一定的障碍和难度

古人对对联，很多时候是文人间的一种文字游戏，充当着互相酬答或开玩笑的媒介。所以在上联中设置一些小机关、小难度，既有炫耀自己的才华和水平的意思,又有和朋友开玩笑,看你能不能接得住的意思。通常,在上联中设置的小障碍有:同一个字多次出现,利用谐音造成的语义双关,藏着某个典故,等等,不一而足。

—(名联赏析)—

上联:海水朝朝朝朝朝朝朝落(海水潮,朝朝潮,朝潮朝落)

(hǎi shuǐ cháo,zhāo zhāo cháo,zhāo cháo zhāo luò)

下联:浮云长长长长长长长消(浮云涨,常常涨,常涨常消)

(fú yún zhǎng,cháng cháng zhǎng,cháng zhǎng cháng xiāo)

这个著名的妙联,上联设置的"朝"与"潮"的互相借用,下联中用"常"和"涨"来对应,借同音字、别字替代,达到了谜语、游戏一样的效果。

—(习作示例)—

上　联:拜孔庙,谒孔林,借孔府家酒领圣人遗训(教师)

下联一:敬孔鲤,礼孔伋,以孔丘之文解今世难题(刘子枫,12岁)

下联二:登黄山,览黄河,读《黄帝本纪》看炎黄祖先(刘欣磊,11岁)

下联三:游天街,凌天门,瞻天运磐石悟神灵天书(沈莫林,11岁)

下联四：访碑林，临碑亭，望碑石古迹赏帝王佳书（冯芯竹，11岁）

下联五：赛龙舟，祭龙神，做龙之传人而振兴中华（蔡家骥，11岁）

下联六：游天山，览天池，以天地之景悟自然神工（隋绍丹，11岁）

下联七：仰苏洵，慕苏辙，品苏轼文辞胜天下词宗（冯芯竹，11岁）

下联八：惜曹植，斥曹丕，悟曹操雄心为百姓安康（鲍文硕，11岁）

下联九：登南岳，望南山，于南京城内看华夏千秋（林依阳，11岁）

下联十：临长江，仰长河，听长曲琵琶感乐天诗情（汪弈如，11岁）

下联十一：登山东，入山西，透山中云雾览世态变迁（周栀子，11岁）

这个上联一看便知是参观孔府孔林的即兴之作。上联设置的玄机有二：一是"孔"字出现三次，下联中也应该在相应位置出现三次同一个字；二是"孔庙、孔林、孔府家酒"都是专有名词（孔府家酒是当地一种酒的品牌）。

看这组下联：下联一以孔家子孙为切入点，以孔夫子的学说今天仍然适用、仍然可以解决问题收束。内容上照应了上联"圣人遗训",且古为今用的意味比上联的仅仅学习古人更高了一个层次。形式上满足了"孔"字出现三次的要求。虽然下联的"孔丘之文"不是专有名词是个美中不足,但仍然不失为一个相当好的下联。

下联二用了三个"黄"字,且《黄帝本纪》是专有名词,完全符合上联的形式要求。内容上,黄河是华夏文明的发源地,黄帝是中华民族的先祖,与上联写儒家文化作为中国文化的精髓传承至今一脉相承,既"对"又"联",对得相当工稳。

余下的几个下联,一方面,从内容上离孔家的儒家文化有点远;另一方面,第8字到第11字都没有形成与上联"孔府家酒"相对应的专有名词。但对于这群十一二岁的小作者来讲,能对出这样的下联,无论从对仗的规则,还是内容的视野气度上,都已经相当有境界了。

事实上,在真正的实战操作中,内容上的限定和形式上的机关埋伏在上联中应该是同时出现的。所以,在对下联的时候要综合分析上联给我们设定了哪些有意思的暗示,然后才能够按照对联的规律,准确而巧妙地对出下联。

―（ 习作示例 ）―

上　联：千山千岛湖光山色六十载（教师）
　　　　▲　▲　　　▲

下联一：万骨万人坑埋冤魂近百年（刘向宇,12岁）

下联二：万家万户灯火辉煌七百年（张珂凡,11岁）

下联三：三水三江源头水远百万年（尹思语，12岁）

下联四：北斗北极星移斗转亿万年（孟伟）

下联五：万海万泉河清海晏甲子年（张灵灵）

下联六：武林武当山高林茂千百年（纪丽敏）

下联七：九族九寨沟壑纵横亿万年（黎国光）

下联八：华夏华人商彝夏鼎五千年（毕峰军）

下联九：淳安遂安沧海桑田一瞬间（伊莲）

这个上联设置了三处玄机：一是"千山"与"千岛"相呼应；二是"千岛湖"与"湖光山色"一个"湖"字两词兼用；三是"千山"与"山色"相呼应。主旨突出千岛湖山湖景色壮丽的同时，点出了景观形成至今已六十载有余。

下联一的小作者回顾了抗战时期千岛湖地区人民付出的惨重代价，内容上由景到人，做到了下联境界已经更高远。"万人坑"与"坑埋"共用一"坑"字，也实现了上联最难的一个形式技巧要求。下联二的小作者上溯到了明朝时期，千岛湖地区经济的繁荣，虽然后两个形式上的玄机都没对上，但内容的境界已经超越了绝大多数11岁小孩子的历史文化认知水平，值得肯定。

下联三的"三江源"与"源头"的共用关系、"三水"与"水远"的呼应关系；下联四的"北极星"与"星移"的共用关系、"北斗"与"斗转星移"的呼应关系；下联五的"万泉河"与"河清"的共用关系、"万海"与"海晏河清"的呼应关系；下联六的"武当山"与"山高"的共用关系、"武林"与"林茂"的呼应关系，都符合了上联对文字形式的细致要求，非常精巧，但内容上离千岛湖有点远。

下联七到下联九虽然在第5字上未做到共用，但内容上与上联的"联"做得比较好。尤其是下联九，用千岛湖水库蓄水时，淳安、遂安两县一夜之间沉入水底的史实，与上联六十年前千山变千岛的瞬间合为一体，读来让人动容。在内容的高度上，远非另外几联可比。

二、如何修改对联

学习对对联是初学者踏入古典诗歌殿堂的第一步。敢写、能写，比写得完美更重要。所以，无论是作者自己修改，还是他人帮助初学者修改对联，都应遵循"尽量保持作品原貌"的原则，不要做过大的改动。修改时，仅仅关注以下两点即可。

第一，看是否符合对联的基本规则。第二，多采用古人的表达习惯，让对联更有文化意蕴，为诗歌创作打好基础。

—（ 习作示例 ）—

上　联：听松涛，观云海，光明顶上会六门教主（教师）

下联一：品毛峰，啜猴魁，饮食街里感唇齿留香（王抱一、缑天睿，11岁）

修　改：品毛峰，啜猴魁，千年巷里感唇齿留香

下联二：吟《钗头》，诵《兰亭》，绍兴城中悟千古绝篇（鲍文硕，12 岁）

修　改：吟《钗头》，咏《兰亭》，绍兴城中诵千古华章

上联写了登黄山所见的松涛云海，还将《倚天屠龙记》中六大门派围攻光明顶的情节引入进来。

下联一对得非常巧妙，将黄山的名茶"黄山毛峰""太平猴魁"写进来，并用"细品""轻啜"两个动词来形容，形象地表现了游客登山归来在饮食街上饮茶休息的场景。但"饮食街"这个当下实实在在的地名未免太俗了一点，不符合古人的表达习惯。改成"千年巷"，就既像古时的地名，又有了历史的厚重沧桑感。

下联二的内容写的是绍兴，与上联的黄山离得有点远，且下联所读的文章与上联所赏的美景并无关联。虽则如此，但此处抛开内容不谈，只看技巧层面。小作者想说《钗头凤》和《兰亭集序》都是千古绝唱，自己在诵读的过程中感悟了其中的妙处。但因为"唱"字是仄声，不能放在下联末尾，所以改成了"绝篇"。但这个词的意思偏重强调"孤绝"的意思，略显负面，与作者的原意不太一致。如果改成"华章"会更好地表达作者的赞美之情。但相应地，"华章"的华彩通过"诵读"来表现会更符合常识，于是前面"诵《兰亭》"的"诵"字就不能再重复用了，于是改成"咏"。

其他妙联：

上联：听松涛，观云海，光明顶上会六门教主（教师）

下联：攀绝壁，凌万丈，九重天外却巷陌幽情（刘知行、田奇睿，12岁）

倚栏杆，看吴钩，断鸿声里看九州河山（刘欣磊，12岁）

极仙寿，通阴阳，玉虚宫中寻九龙天尊（陈宇飞，12岁）

赏奇石，会怪松，玉屏峰侧迎八方客来（郝一方，13岁）

赏怪石，浴灵泉，莲花峰前迎八方来宾（隋绍丹，12岁）

望泉涌，赏烟霞，五老峰下叹万里山河（郑加毅，11岁）

赏温泉，品雪景，鳌鱼峰下感世外桃源（王抱一、缑天睿，11岁）

望石林，赏雾凇，莲花峰外聚各路豪杰（王九同，11岁）

鉴怪石，望冬雪，莲花峰下聚八路神仙（陶莹，11岁）

游古城，赏春色，呈坎城中现八卦乾坤（胡聿庭，11岁）

闻雀吟，赏奇松，慈光阁中拜一派宗师（张艺凡，11岁）

闻鸟语，赏飞瀑，莲花峰下迎八方来客（张澜骞，11岁）

—（习作示例）—

上　联：徽州徽园白墙灰瓦徽商建徽派宅院（教师）
　　　　▲　　▲　　　　　　　▲　▲

下联一：江南江宁青山绿水江畔赏江边亭楼（刘欣磊，12岁）

修　改：江南江宁灯影桨声江畔赏江月亭楼

下联二：歙县歙坊青山绿水歙人筑歙式牌坊（张斯柘，12岁）

修　改：歙县歙坊跋山涉水歙人筑歙式牌坊

上联写徽州的建筑，连用五个"徽"字（其中"灰"为谐音），围绕徽派建筑白墙灰瓦的特征展开，为下联的选材设置了比较大的障碍。

下联一写江宁织造府所在地南京，江畔的亭台楼阁掩映在青山绿水间。内容很好，与上联同属于江南文化的两种不同代表。但在技巧上有一点小瑕疵，即"江"字只出现了四次。如果借用朱自清先生写南京的名篇《桨声灯影里的秦淮河》，将"青山绿水"改成"灯影桨声"，"桨"与"江"谐音，就既解决了"江"字第五次出现的技巧问题，又把"青山绿水"泛泛的景物描写定位到了具体的秦淮河上，强化了南京、江宁的地域特征，可谓一举两得。下联末尾用"江边亭楼"对上联的"徽派宅院"，"江边"表地点，"徽派"表领属关系，二者对得并不工稳。把"江边"改为"江月"，意为"江月下的亭楼"，与上联就比较吻合了。

下联二写歙县的牌坊，歙县也属于徽州，歙县的牌坊也属于建筑，而且是当地最具代表性的建筑，内容上与上联既"对"又"联"，非常恰当、巧妙。但也同样有"歙"字只出现了四次的问题。所以，把"青山绿水"改成"跋山涉水"，"涉"与"歙"谐音，刚好是第五个"she"字。

其他妙联：

上联：徽州徽园白墙灰瓦徽商建徽派宅院（教师）
下联：宏村洪武志向宏远鸿运展宏伟蓝图（麦峻嘉，13岁）
　　　徽墨徽砚梦里挥毫徽班呈徽剧古风（周栀子，12岁）
　　　苍翠苍劲桑田沧海苍天下苍生沉浮（刘知行、田奇睿，12岁）

清风清骨绿水青山清流静清丽河山（刘知行、田奇睿，12岁）

中华中兴良将忠臣中坚继中原王朝（陈宇飞，12岁）

华川华山云浪花海华人创华夏文明（蔡家骥，12岁）

兰州兰花黄沙蓝水兰人做兰州面食（施柯宇，13岁）

墨香墨色静山默水墨笔题墨字铭文（郭越明，11岁）

京城京戏字正腔圆京客筑京式茶园（陶莹，11岁）

京城京殿华檐精雕京匠筑京式楼台（关美格，11岁）

鲁镇鲁街楫摆橹摇鲁迅绘鲁居美景（李乔，10岁）

歙县歙砚灰石黑墨歙石雕歙式砚台（杨司祺，11岁）

—（习作示例）—

上　　联：父子共写鹅池，夫妻同赋钗凤，会稽自古雅集琴棋书画
　　　　　（教师）

下联一：亲友齐会兰亭，兄弟合译小说，绍兴至今仍聚饮刻吟雕
　　　　　（冯芯竹，12岁）

修　　改：师友齐会兰亭，兄弟合译小说，绍兴至今仍聚才俊圣哲

下联二：仕官合修堤坝，祖儿合刻铭文，临安古今典汇府吏仕臣
　　　　　（李思睿，12岁）

修　　改：仕官合修堤坝，祖孙俱刻铭文，临安历来典汇干吏能臣

这是一个比较简单的叙写绍兴当地文化典故的上联，在语言技巧上没设置什么障碍，比较简单，只需要内容与之流畅地"相连"即可。

所以，下联一只将"亲友"改为"师友"，以配合古人的表达习惯，更符合兰亭雅集的实际情况。最后四个字原下联不太通顺，改为连用天才、俊杰、圣贤、哲人之后，跟前文对兰亭雅集和鲁迅兄弟的描述更吻合。

下联二改为"祖孙俱刻铭文"实际上是出于平仄的考虑，修改后的"仄平仄仄平平"，平仄相间，读起来更朗朗上口。"古今"与上联的"自古"有用字重复，两个字的结构也不对，"自古"是介宾短语，"古今"是并列短语，所以改为"历来"就都理顺了。结尾改为"干吏能臣"，既避开了下联开头与"仕官"的重复用字，又符合"修堤坝"的政绩。

其他妙联：

上联：父子共写鹅池，夫妻同赋钗凤，会稽自古雅集琴棋书画（教师）

下联：吴越竟辟繁盛，江浙携续华章，钱塘迄今多载爱恨情愁（刘知行，12岁）

师生协著论语，伉俪共撰《金石》，泉城古来汇聚地灵人杰（伊儒乐，12岁）

山楼齐醉暖风，水天合映明月，杭州向来荣享富贵繁华（欧梓涵，13岁）

文相独抗鞑虏，卧龙单挽危局，华夏向来盛产英雄儿郎（麦峻嘉，13岁）

师生齐唱《送别》，兄弟皆兴中华，杭州至今颇具歌赋诗词

（周圣淏，12岁）

师生齐诵书屋，兄弟互戏草院，绍兴至今尚存纸卷笺文
（关美格，11岁）

古今齐书兰亭，密友协忆江南，江浙至今传唱诗词歌赋
（张斯柘，12岁）

知音对弹琴韵，同床并论棋局，沈园从今错落亭台楼阁
（陶莹，11岁）

老少共抗金兵，知音同话革命，杭州至今常驻墨客文人
（徐瑞泽，10岁）

祖孙并摹兰亭，名士齐书雅文，绍兴常年汇聚墨客文人
（韩沛煊，10岁）

―（ 习作示例 ）―

上　联：飞鱼分沙襟带青城锁岷江天堑（教师）

下联一：宝瓶聚水袍摆丈人灌岷江良田（谢子昊，11岁）

修　改：宝瓶聚水袍摆巴蜀灌天府良田

下联二：宝瓶聚水衣裏花林开赤城大门（杨璨西，11岁）

修　改：宝瓶聚水衣裾花林开赤城大门

　　上联的"襟带"二字是意动用法，意为"以……为襟带"。描述了都江堰的飞鱼嘴起到了分沙分水的作用，锁住了岷江天堑的咽喉，甚至把青城山都当作了衣襟和玉带。

下联一改为"巴蜀"才与上联的"青城"作为地名相呼应上。同时，以巴蜀为袍子的下摆衣襟，与上联的"襟带青城"内容上也比较一致。"岷江良田"与上联用字重复，所以改为"天府良田"。

下联二的"衣裹"属于主谓短语，解释为"用衣服包裹着"，与上联的"以……为襟带"结构不一致。改为"衣裾"后，意为"以下游的花林为衣服的裾角"，意思上就顺畅了。

其他妙联：

上联：飞鱼分沙襟带青城锁岷江天堑（教师）
下联：雾气遮山裙裾峨眉挡金顶佛光（尹思语，12岁）
　　　上清奠君衣冠岷江破天地苍穹（陈熙翰，11岁）
　　　三峡防洪水袖武陵利长江民生

三、牛刀小试

—（ 练习一 ）—

游成都杜甫草堂有感

上联：花溪草堂伴野老蹉跎岁月

—（ 练习二 ）—

船游川江，观乐山大佛。唐代开凿的摩崖石刻历经沧桑，岿然屹立，让人感慨万千。

上联：大肚大度悟不二法门，护佑众生千载

—（ 练习三 ）—

游成都武侯祠，不禁遥想诸葛丞相当年神机妙算的丰功伟业，以及"出师未捷身先死"的旷世遗憾——

上联：借东风祭七星算尽乾坤坎艮难逃泪洒五丈

—（ 练习四 ）—

一群中学生在学校组织的社会实践活动中到茶园参观，并尝试下手采茶。然后参观制茶流水线，并实践了"炒青"的生产环节。

据此，出上联如下。

上联：采青晾青炒青青青子衿新火新茶一试身手

—（ 练习五 ）—

山西的应县木塔建于辽末金初，供奉着珍贵的佛牙舍利，是我国现存唯一的全木结构佛塔。它的设计精巧，令人难以企及。塔高六十多米，从外面看是六层，实际为九层，堪称建筑史上的奇迹。梁思成先生初见应县木塔时，被震撼得"半天喘不出一口气来"。

上联：一塔二舍利三世佛藏身，四暗五明六重飞檐斗拱，七级浮屠迎八方来客，九州共叹十分精巧

—（ 参考答案 ）—

练习一：

上联：花溪草堂伴野老蹉跎岁月

下联：宽窄巷子随川人共度春秋（张珺瑶，12岁）

诸葛茅庐随卧龙几度春秋（贠小淇，11岁）

宽窄巷子引蜀国古韵风情（毕晴羽，11岁）

少陵茅庐随千古诗史巅峰（任芳苡，12岁）

宽窄巷子品蜀中古典风情（李佳阳，11岁）

草色茅屋陪拾遗苦难光年（张家瑜，11岁）

书卷诗篇随子美共度时光（张心扬，11岁）

幽院茅屋陪子美忧愁人生（韩孟祥，10岁）

练习二：

上联：大肚大度悟不二法门，护佑众生千载

下联：心智心志领海通之志，普度生灵万年（张一笑，11岁）

　　　学到学道入大千世界，随之笑口常开（任俊羽，11岁）

　　　笑人笑仁见乱世红尘，附之笑口常开（张家瑜，11岁）

　　　静悟竟悟知佛家真理，救济普天苍生（何嘉润，11岁）

　　　悟到悟道观大千世界，净涤心身百年（王涵旸，11岁）

　　　勿道悟道通无上禅机，普度万象余生（贠小淇，11岁）

　　　笑眼笑掩历千年岁月，安览世代春秋（张宸悦，11岁）

练习三：

上联：借东风祭七星算尽乾坤坎艮难逃泪洒五丈

下联：收二川排八阵认通生死相佐报答三顾茅庐（刘超屹，11岁）

　　　承三顾对隆中佐蜀鞠躬尽瘁伐魏六出祁山（张璐瑶，12岁）

　　　出祁山定南蛮使完浑身解数终未了却凤忧（于朝林，11岁）

取荆州定南蛮巧制木牛流马终落功败垂成(韩孟祥,10岁)
让徐州怀先志料定三分天下只惜白帝托孤(张心扬,11岁)
观诸葛看三英感受历史辉煌易闯五岳三国(李佳阳,11岁)

练习四:

上联:采青晾青炒青青青子衿新火新茶一试身手

下联:洗米煮米酿米米米香醇新炉新酒一消苦愁(张宸悦,11岁)

生角旦角丑角角角艰苦老练老手一展雄姿

赏剧学剧品剧剧剧出色旧蜀旧情共度岁月(张璐瑶,12岁)

金花玉花银花花花盛放传世传代百年文明(蔡育希,11岁)

泡茶品茶斗茶袅袅青烟热火热茶快饭清茶(刘超屹,11岁)

买扇开扇合扇扇扇佳丽好图好画杨柳桃花(谭思诚,12岁)

游花赏花采花花花公子旧世旧俗已为云烟(尹思语,12岁)

知古观古谈古股股炊烟旧事旧人回古望今

泡茶品茶评茶茶茶有道新叶新茗各有千秋

醒茶泡茶品茶茶茶有道好水好茗各显千秋(蒋瑞恒,11岁)

酿酒煮酒品酒酒酒醇香陈年陈酒意味深长

读书品书悟书书书精髓十年寒窗大展宏图(毕晴羽,11岁)

红面黑面白面面面俱到川戏川味大饱眼福(张珂凡,11岁)

练剑试剑论剑剑剑如影如光如电小露锋芒(陈熙翰,11岁)

观星赏星望星星星照耀新天新地大显神通

练习五：

上联：一塔二舍利三世佛藏身，四暗五明六重飞檐斗拱，七级浮屠迎八方来客，九州共叹十分精巧

下联：十劫九重天八风吹不动，七宝六色五万金尊真容，四时霜刀刻三季无痕，二心难解一刹沧桑（童晓宇，11岁）

一壁两面雕三式龙形象，四面五彩六种山石水草，七次浮雕映八面玲珑，九龙共现十足天工（霍宇琦，10岁）——大同九龙壁

黄衣红袈裟白莲座其下，青砖绿瓦紫茎藤蔓缠绕，银叉在手则金刚怒目，灰暗天际紫电凌空（廖京仪，10岁）

一院两楼阁三宗教合流，四通五达六座殿阁交错，七朝圣像度八面信徒，九曲回廊十足奇观（李逸，10岁）——悬空寺

十门九齐鲁八神仙过海，七侠六义五岳之首独尊，四方荷花伴三面垂柳，两岸齐传一圣流芳（谢毅泽，11岁）——东岳泰山

一桥二祭坛三番帝祈天，四柱五间六环龙柱盘卧，七星镇石压八面邪风，九重至高天地合一（宋紫璇，11岁）——天坛祈年殿

（所有未注明作者和年龄的下联均为学生家长的作品）

绝句,又称截句、断句、绝诗,通俗一点说,就是用四句诗来表达一个相对完整的意思的小诗,是唐朝流行起来的一种诗歌体裁。

绝句限定了每句五言或七言的字数,但关于声律的限制较少,很适合初学者的入门练习。但也正因为绝句的规则简单,想写出诗歌的意蕴文采来,反而不太容易。我们可以抱着"试写打油诗"的心态,暂且借绝句的创作试水诗词创作的海洋。

第二章
最简单的韵文——绝句

第一节 绝句的基本规则

一、何谓绝句

"绝"的意思是断绝。"绝句"一词最早在南朝的晋宋时期就已出现。南朝陈代徐陵的《玉台新咏》收有四首五言四句的诗，不知作者名字，题为"古绝句"。此时的绝句是指五言四句二韵的小诗，并不要求平仄。后来逐渐发展出了七言四句的绝句。这种绝句只有两联四句，押仄声韵，可对仗可不对仗，只需要在二、四两句末尾押韵，遣词造句不受声律限制，称为"古绝"。

随着唐代律诗的兴起，有一些绝句使用了符合律诗平仄、对仗规则的句子，并且改押平声韵，称为"律绝"。所以，又有人认为绝句是将律诗截取了一半，于是称绝句为"截句"。这种使用了符合律诗平仄规则的句子称为"律句"。

因此，绝句既可以分为五言绝句（简称五绝）和七言绝句（简称七绝），也可以分为律绝和古绝。

名篇示例

登鹳雀楼

（唐）王之涣

白日依山尽，黄河入海流。
（仄）仄平平仄，平平仄仄平。

欲穷千里目，更上一层楼。
（平）平平仄仄，（仄）仄仄平平。

早发白帝城

（唐）李白

朝辞白帝彩云间，千里江陵一日还。
（平）平（仄）仄仄平平，（仄）仄平平仄仄平。

两岸猿声啼不住，轻舟已过万重山。
（仄）仄（平）平平仄仄，（平）平（仄）仄仄平平。

王之涣这首诗四句皆为律句，是"律绝"；而李白的诗则四句皆为信手拈来的自由表达，是"古绝"。"律绝"是随着律诗的定型而产生的，必然都是唐代以后的作品；而"古绝"则是古体诗的一种，六朝以后的五言四句、七言四句的短诗，只要不含律句，皆可算作古绝。所以，通常意义上所说的"绝句"的概念并不仅限于唐代诗人所创作的绝句。唐代以后，"律绝和古绝的界限也逐渐变得并不清晰了，因为在律诗兴起后，即便写古绝，也不能完全不受律句的影响。"（王

力《诗词格律》)

唐代绝句在中国古代诗歌中占有极为重要的地位。古绝之完善、律绝之定型，都完成于初唐。特别是盛唐时期，李白、杜甫、王维、王昌龄等一批伟大诗人，使绝句达到了高峰。盛唐绝句较之前同体之作，在意境、表达等方面都有了明显的突破，绝句体裁的艺术潜力第一次得到长足的发展，成为一种以小见大、深入浅出、情韵双绝、雅俗共赏的成熟诗体。由此产生的绝句史上的经典作家和大批典范作品，成为昔人论述绝句的压卷之作。唐代之后，人们常常模仿唐代的绝句创作这种短小精悍的诗歌，借以随手记下生活中有感而发的细节或场景。也是后世学子在年少时练习诗歌创作的基本方法。

二、关于诗歌的押韵

1. 什么是"韵"

韵是诗词格律的基本要素之一。诗人在诗词中用韵，叫作押韵。作为诗歌的一种，绝句当然也必须是押韵的。

"韵"，大致相当于汉语拼音中的韵母，但又不尽相同。汉语字音中的元音或元音加收尾音，即声母以外的部分，称"韵母"。如"娘"niáng 的韵母是 iang，其中 i 是韵头，a 是韵腹，ng 是韵尾。

教育部、国家语言文字工作委员会发布的语言文字规范《中华通韵》试行稿，基本遵循了"韵腹、韵尾一致即属同一韵部"的规律（"十四英"除外），将现代汉语的常用汉字划分为十五个韵部，与汉语拼音的韵母读音规律大致吻合。并且，每一韵部都分平声（现代汉语的阴平、阳平）和仄声（现代汉语的上声、去声）两大类。如："十三昂"中的"苍、像、狂"，韵母分别为"ang、iang、uang"，韵腹和韵尾均为"ang"，所以属于同一韵部的字。但"苍"和"狂"的声调分别是阴平和阳平，就在"十三昂"的平声类中，而"像"的声调是去声，就在"十三昂"的仄声类中。

押韵，即是指作诗词曲赋等韵文时在句末或联末用同韵的字相押。这些句末或联末押韵的字称为"韵脚字"。诗歌押韵，使作品声韵和谐，便于吟诵和记忆，具有节奏和声调美。

今天，绝大多数现代诗和歌词以及部分模仿古典诗词进行的创作，都遵循了《中华通韵》的音韵划分方式押韵。此外，有部分古典诗词的韵脚字也恰好符合《中华通韵》的规则。

—（示例）—

诗经·郑风·子衿

青青子衿，悠悠我心。
　▲　　　　　▲
纵我不往，子宁不嗣音？
　　　　　　　　　▲

登鹳雀楼

（唐）王之涣

白日依山尽，黄河入海流。
　　　　　　　　　　▲
欲穷千里目，更上一层楼。
　　　　　　　　　　▲

月光光

（童谣）

弯弯水田一片霞,水上游来一群鸭。
　　　▲　　　　　　　　▲
麻花鸭钻进五彩霞,五彩霞网住麻花鸭。
　　　　　▲　　　　　　　　▲

月亮代表我的心

（歌曲）

你问我爱你有多深,我爱你有几分。
　　　▲　　　　　　　　▲
我的情也真,我的爱也真,月亮代表我的心。
　　▲　　　　　▲　　　　　　▲

可见,"韵"和"韵母"是两个并不完全相同的概念。

任何诗歌都要求押韵,古今中外概莫能外,所不同者,在于对于押韵的限制多与少、严与宽的不同而已。这也是诗歌同其他文学体裁的最大分别。

2. 什么是古典诗词的"押韵"

自古以来都注意诗文的和谐用韵,如我国第一部诗歌总集《诗经》就已完整地注意用韵了。《诗经》第一首《国风·周南·关雎》前四句"关关雎鸠,在河之洲。窈窕淑女,君子好逑"就是很好的例证。"鸠、洲、逑"就是韵脚字。

诗韵,广义的还包括词韵,狭义的仅指格律诗所依据的韵书。今天,一般指合并193韵的《切韵》得来的106韵的《平水韵》。声母不同而韵母相同的字，如干、满、叹可以互相押韵，这些互相押韵的字放在同样句末的位置上就构成诗的韵。

我国古代最早的一种韵书是三国时期魏人李登编的《声类》，书今已不传。第一部集大成的韵书，是隋朝陆法言在公元601年编撰的《切韵》，现也已经失传。《切韵》的内容，据考证全部体现在《广韵》中。《广韵》是现今保存最完整的、最古老的，也是最重要的一部韵书。它完整而详细地记录中古（从南北朝到宋末）的语言系统，今天的学者可以依据《广韵》确知中古语音的声母、韵母及声调的基本情况。学者还以《广韵》为桥梁，上推古音（两汉以前的语音）、下证今音（现当代语音）。所以说《广韵》是研究汉语语音史、研究当代汉语方言不可缺少的典籍。

清以后通用《平水韵》，平、上、去、入四声共106韵：平声30韵（分上平声15韵和下平声15韵）、上声29韵、去声30韵、入声17韵。

本书旨在带领大家学习古典诗词创作，为了保证大家的作品尽量贴近古诗词的语言风格，所以希望学习者尽量按照古韵去创作。可以对照附录里的《诗韵常用字表》来确认自己的诗句是否"出韵"了。如果实在有困难，也可以按照《中华通韵》的韵部进行创作。书中所选习作示例，如果没有特别注明，标注的就都是《平水韵》的韵部。

3. 古典诗词中押韵的忌讳

（1）忌重韵，即同一个韵字在一首诗的韵脚里重复出现，此乃大忌。

（2）避免同义字相押。如一首诗中同时使用"花""葩""芳""香"等。

（3）避免出韵，古人写诗多依官韵，而许多我们认为是同韵的字在官韵中被分别列入不同的韵部之中，如"冬"与"东"之类，如果在同一首诗中相押，即为出韵。这主要是因为古今语音变化的原因，今天已没有必要再强调这一点了。

值得注意的是，诗歌创作过程中，押韵固然非常重要，但不可因此破坏诗句的自然流畅。无论何时，诗歌的内容和情感都是要大于形式的。

三、创作绝句的基本要求

律绝的平仄、粘对，这里不作赘述，待后面学习了律诗，自然就明白了。但即便不懂得平仄、粘对的理论，只要信手拈来的四句诗形式上是押韵的，内容上是气韵贯通的，就基本可以算得是古绝了。古绝对写作者的限制较少，简单易学，最适合初学者练笔之用。

初学者创作绝句的基本要求：

（1）每首诗四句，每句五言或七言

（2）二、四两句末字押韵，一般押仄声韵

（3）首句末字可押韵，也可不押

（4）如果押平声韵，可以不考虑律句的平仄和粘对

―（ 名篇示例 ）―

竹里馆

（唐）王维

独坐幽篁里，弹琴复长啸。
　　　　　　　　　　▲
深林人不知，明月来相照。　　（去声十八啸）
　　　　　　　　　▲

悯农

（唐）李绅

锄禾日当午，汗滴禾下土。
　　　▲　　　　　　▲
谁知盘中餐，粒粒皆辛苦！　　（上声七麌）
　　　　　　　　　▲

游洞庭五首 之一

（唐）李白

洞庭湖西秋月辉，潇湘江北早鸿飞。
　　　　　　▲
醉客满船歌白苎，不知霜露入秋衣。　　（上平五微）
　　　　　　　　　　　　▲

从上面所引的两首五言古绝和一首七言古绝中可以看出，古绝的二、四两句末字必须押韵，首句末字可押可不押。《竹里馆》押去声韵"十八啸"，《悯农》押上声韵"七麌"，属于仄声韵；《游洞庭五首之一》押上平声韵"五微"，虽然是平声韵，但四句诗有的失粘、

有的出律，形式非常自由。

从内容上讲，古绝也是非常自由的。生活中所见所闻的任何事都可写入诗中。上面这三首诗就分别涉及了王维弹琴长啸的隐士生活、李绅对百姓疾苦的感叹、李白与友人饮酒赏秋的文人雅集等多种内容，且语言浅近、明白如话，易于模仿。

四、牛刀小试

初学者初次提笔写诗，不妨从五言古绝入手。面对生活中任何一个触动自己情感的场景，用区区二十个字来描述，只需其中两个字押韵，即成一首诗作。甚至连押韵也可先不追求古韵，只要韵脚字在现代汉语中属于同一组韵母即可。

—（练习）—

秋天是中国北方最美的季节。郁达夫曾在他的散文名篇《故都的秋》中写道：

> 在南方每年到了秋天，总要想起陶然亭的芦花，钓鱼台的柳影，西山的虫唱，玉泉的夜月，潭柘寺的钟声。在北平即使不出门去罢，就是在皇城人海之中，租人家一椽破屋来住着，早晨起来，泡一碗浓茶、向院子一坐，你也能看得到很高很高的碧绿的天色，听得到青天下驯鸽的飞声。从槐树叶底，朝东细数着一丝一丝漏下来的日光，或

在破壁腰中，静对着像喇叭似的牵牛花（朝荣）的蓝朵，自然而然地也能够感觉到十分的秋意。说到了牵牛花，我以为以蓝色或白色者为佳，紫黑色次之，淡红色最下。最好，还要在牵牛花底，教长着几根疏疏落落的尖细且长的秋草，使作陪衬。

在这段文字中，郁达夫将自己对北平秋天的无限眷恋落实成一个个经典的画面呈现到了读者面前。那你对秋天最深的印象是什么呢？一场秋雨、一次出游、一段对话……任何一个关于秋的场景都可以用一首小诗记录下来。

请以"秋"为话题，写一首古绝。五言、七言均可，押平声韵、仄声韵均可。

—（习作示例）—

秋

彭楚涵（11岁）

层层落叶花，片片飞云霞。
　　　▲　　　　　▲
遥观树极处，空留枯树杈。　　（下平六麻）
　　　　　　　▲

这个 11 岁的小男孩，对秋天最深刻的印象就是树叶落尽后空荡荡的树杈，所以他率真地记录了下来。他把树叶飘落的过程形容成飞花和云霞，又很富于美感。难得的是，这首打油诗一样的五言古绝，居然在一、二、四句末字很规范地押了古韵。初次试手作诗，这样就已经不错了。

秋

林径羽（12岁）

枝上玉叶度斜阳,树下草花着微霜。
　▲　　　　　　　▲
唯有秋日不恋财,未将遍地金银藏。　（下平七阳）
　　　　　　　　▲

这个12岁的小姑娘很幽默,把秋天比喻成人,把金黄的落叶比喻成金银财宝。虽然文字尚显稚嫩,但此诗不但初具七言古绝的形制,而且还很有灵性。

第二节 写好调古意高的五绝

一、五言绝句的形成及特征

绝句最早因南朝晋宋之间诗人们联句作诗而得名。几个人一起作诗,每人写四句,就是联句。如果第一个人写完四句后,无人能接下去,这首唱的四句就成了"绝句"。而这独立出来的四句诗,完全可以自成一体,用来表达一个相对完整的情感,且可以配乐歌唱。于是在文人墨客间渐渐流行起来。这时候的绝句大多限于五言。由于起源于相对随意的联句游戏,早期的五言绝句具有内容贴近生活、语言平易朴实的特征。鉴于此,后世的五绝,无论律绝还是古绝,也都继承了这种追求真切朴实的创作风格。

明代诗论家胡应麟曾在《诗薮》中论及:"顾华玉云:'五言绝以调古为上乘,以情真为得体。'调古则韵高,情真则意远。华玉标此二者,则雄奇俊亮,皆所不贵。论虽稍偏,自是五言绝第一义。"(钱志熙《诗词写作常识》,中华书局2013版)

— (名篇示例) —

鹿柴

（唐）王维

空山不见人，但闻人语响。
　　　　　　　　　▲
返景入深林，复照青苔上。　　　（上声二十二养）
　　　　　　　　　▲

秋夜寄邱员外

（唐）韦应物

怀君属秋夜，散步咏凉天。
　　　　　　　　　▲
空山松子落，幽人应未眠。　　　（下平一先）
　　　　　　　　　▲

江上渔者

（宋）范仲淹

江上往来人，但爱鲈鱼美。
　　　　　　　　　▲
君看一叶舟，出没风波里！　　　（上声四纸）
　　　　　　　　　▲

　　《鹿柴》押仄韵，是典型的古绝。山中阒静无人，阳光透过树叶丝丝缕缕地落在苔藓上，远处隐约的人声更反衬出山林的静谧。这如照片一般宁静纯美的画面，的确有从容内敛的谦谦君子之风，堪称高古。《秋夜寄邱员外》则以写信的口吻，对远方的朋友娓娓道来：今夜的景色、今夜的思念，料你也当如我一般难眠吧？虽押平声韵，但不论平仄，随性自由。《江上渔者》是宋代人仿作的古绝，不但特意押了仄声韵，内容上也深沉严肃，像讲故事一样表达了对渔家的同情、为了他人一饱口福而在风浪里辛苦劳作。在众多追求理趣和唯美的宋诗中算得上一个异类了。

二、五言绝句是如何做到调古意高的

1. 写作内容——贴近生活，情感质朴

五言绝句的调古意高表现在内容上，就是选取日常生活场景，抒发朴素的人之常情。友人送别、思乡思亲、天涯羁旅、伤春悲秋、登高赏景、友人聚会……凡是人们日常体验过的情感皆可入诗，率性天然。真正做到了写出人人胸中所有、人人笔下所无的真情实感。

—（名篇示例）—

静夜思

（唐）李白

床前明月光，疑是地上霜。
▲　　　　　▲
举头望明月，低头思故乡。　　　（下平七阳）
　　　　　▲

人在异乡，月夜难眠，于是披衣而起，望月思乡。李白的一支妙笔，让这古往今来最最常见的游子思乡之情跃然纸上，读者无不为之动容。

相思

（唐）王维

红豆生南国，春来发几枝。
▲
愿君多采撷，此物最相思。　　（上平四支）
　　　　　　　　▲

情人分离两地，难免睹物思人。多少年轻人心中欲言又止的相思之苦，被王维平静地说了出来，既是意料之外，又在情理之中。真乃性情中人的朴拙大气！

登乐游原

（唐）李商隐

向晚意不适，驱车登古原。
　　　　▲
夕阳无限好，只是近黄昏。　　（上平十三元）
　　▲

从心理学上讲，人在面对夕阳时产生的惆怅感，源于人类与生俱来的对死亡的恐惧。所以，李商隐面对壮美的夕阳却淡淡地说出了心中的遗憾，恰恰是在暗示"意不适"的原因。这种不足为外人道的落寞与伤感想来每个人都曾体验过吧。

2. 诗歌语言——明白如话，言简意赅

能用明白如话的语言将日常生活琐事简单明了地叙述出来，才是真正的大巧若拙。五言绝句的这份生活化的朴素直白，是其他诗歌体裁所不能及的。因此,即便仅仅从语言角度看,五言绝句也堪称高古了。

―（ 名篇示例 ）―

寻隐者不遇

（唐）贾岛

松下问童子,言师采药去。
　　　　　▲
只在此山中,云深不知处。　　　（去声六御）
　　　　　▲

这首诗从标题到下面的四句诗一共才 25 个字,却完整地讲了一个小故事。除了没交代具体时间,故事的地点、人物、起因、经过、结果,一应俱全。叙事手法之高妙,不言而喻。

春晓

（唐）孟浩然

春眠不觉晓,处处闻啼鸟。
　　▲　　　　　▲
夜来风雨声,花落知多少。　　　（上声十七筱）
　　　　　▲

四句小诗,每句交代一层意思——醒来,听鸟鸣,看落花,想起昨夜的风雨。寥寥几笔,勾勒出了世外隐者的日常情趣。言简义丰,令人神往。

问刘十九

（唐）白居易

绿蚁新醅酒，红泥小火炉。
晚来天欲雪，能饮一杯无？　　　　（上平七虞）

在这样一个天寒地冻的冬日里，在这样一个暮色苍茫的空闲时刻，诗人邀老友围炉叙旧。透过简单的诗句，读者仿佛看到了小火炉上煮热的酒冒着白气，身临其境地感受到了诗人那份浓浓的情谊。

这就是五言绝句语言的魅力。

3. 艺术手法——描摹景物，突出画面感

五言绝句虽然选取的多为琐碎的生活细节，语言也极平易朴实，但这并不妨碍诗人们描绘出极具画面感的场景。五言绝句虽然短小，但往往寥寥几笔就勾画出一幅意境深远的画面。王国维讲"一切景语皆情语"，诗中唯美的画面蕴含的正是诗人们对生活的无限深情。

—（ 名篇示例 ）—

江雪

（唐）柳宗元

千山鸟飞绝，万径人踪灭。
孤舟蓑笠翁，独钓寒江雪。　　　　（入声九屑）

千山、万径、孤舟、蓑笠翁，都被大雪覆盖，天地间白茫茫一片真干净。读者眼前仿若出现了一幅用简单线条勾勒出来的水墨画。画中间大片的留白，让人感觉天地之间是如此纯洁而寂静，一尘不染，万籁无声，凸显出渔翁的生活是如此清高，渔翁的性格是如此孤傲。

宿建德江

（唐）孟浩然

移舟泊烟渚，日暮客愁新。
▲
野旷天低树，江清月近人。　　（上平十一真）
▲

古人出行常常是走水路，"买舟东下"是每一个旅人司空见惯的生活。然而某个黄昏，白雾弥漫的江边小渚上，诗人却在泊船津渡的当口，眺望到了远处原野的尽头，天地近乎融合的空旷寂寥。夜晚来临，诗人将视线拉回到眼前，江水清澈，水中明月的倒影珊珊可爱，然而天涯羁旅的愁思却挥之不去。

送灵澈上人

（唐）刘长卿

苍苍竹林寺，杳杳钟声晚。
▲
荷笠带斜阳，青山独归远。　　（上声十三阮）
▲

这首诗让人不禁联想到印象派大师米勒的名画《晚祷》。暮色苍茫的竹林外，晚祷的钟声远远传来，送友人归来的诗人独自伫立，余晖勾勒出诗人独与远山相应和的剪影，宁谧而邈远。

古人笔下的五言绝句朴素而充满灵性，选材、立意、语言、手法皆调古意高，可谓朴拙大气、浑然天成。学诗之人不妨试着模仿一下。

三、牛刀小试

上一节我们尝试着作了第一首诗。也许稚嫩，但却迈出了我们走进诗歌艺术殿堂的第一步。这一节，我们再作一首，大家最好选取熟悉的日常生活场景，抒发朴素的人之常情，用明白如话的语言将这件生活琐事简单明了地叙述出来，并在描摹景物时突出画面感。

也可以将上一节作的习作按照这几条要求修改一下。

— (练习) —

在外出旅游或居家闲处时，常会有某一个瞬间让我们灵光一现，感觉内心波涛汹涌，有千言万语想诉诸笔端。或许是历尽千辛万苦终于登顶时的豁然开朗，或许是看到"中国樽"被激光点亮的瞬间激动得难以言表，或许是北漂青年在事业受挫、前途迷茫时独自在末班车上崩溃大哭的无助，或许是冬日傍晚一家三口在慵懒的余晖下围着热气腾腾的火锅的温馨……

请用五言绝句将这一刻的画面描绘出来,或者讲出你内心最想告诉世人的一个小故事、一段小情感。最好押仄声韵,平声韵也可。如果押古韵有困难,仅做到韵脚字属于现代汉语的同一组韵母即可。

—(习作示例)—

手机

第四届诗词中国参赛作品第 120139 号

日月屏中绕,乾坤掌上游。
　　　　　　　　▲
世间多少事,一指揽春秋。　　（下平十一尤)
　　　　　　　　▲

现代社会,每个人的生活都时时与手机捆绑在一起。用手机看新闻、查资料、与亲友交往,用朋友圈发表见解、记录生活,的确仿佛日月乾坤尽在掌中。作者选取了一个我们日常生活中非常熟悉的事物,抒发了每个人清晨看朋友圈、读订阅的微信公众号时都体验过的人之常情。一二句对仗工稳,属于律绝。而且用词豪迈、大气磅礴,堪称佳作。

拟古

第四届诗词中国参赛作品第 122833 号

早读蜀道难,晚吟将进酒。
　　　　　　　　▲

圣人不爱财，百篇赚一斗。　　（上声二十五有）
　　　　　　　　　▲

题为拟古，作者的确是模拟古绝用了仄韵。诗中展现的也是古往今来文人墨客惯常的生活状态——边饮酒边读诗，颇有北宋苏舜钦"以《汉书》下酒"之遗风，与虽朴素却清新的初唐古绝一脉相承。

无题

伊莲

深壑林泉静，柴门犬吠清。
　　　　▲　　　　　　▲
缘溪寻佳处，踏雪慢驼铃。
　　　　　　　　　　▲

（《中华通韵》十四英）

这位初学者选择了简单地押现代汉语新韵，虽然形式上不甚讲究，但内容上却意境高古，颇有唐人刘长卿《逢雪宿芙蓉山主人》的意味。这或许是一次说走就走的旅行吧？诗人骑马漫步在清幽的山谷中，雪后的山林异常静谧，身边溪水淙淙，远处犬吠声声，伴着驼铃叮当……寥寥几笔，勾勒出一幅唯美的画面，让人不禁感叹，这里的确是个寻找自然野趣的绝佳去处。短短一首小诗，还恰当地运用了以声衬静的艺术手法，颇得"蝉噪林逾静，鸟鸣山更幽"之三昧。看似平淡，细品之下却顿觉高妙。

第三节 写好风调高华的七绝

一、七言绝句的形成及特征

七言绝句发源于民间歌谣。由于七言诗的发展比五言诗晚得多，因此七言四句的短歌在唐以前为数很少。现存最早的七言四句诗是项羽的《垓下歌》，属于汉乐府诗。南北朝时七言诗开始用韵，但无论数量还是质量都远不能与已经流行的五言四句小诗相提并论，所以现存的七言古绝非常罕见。到了初唐，由于近体律诗已经形成，于是七言四句诗逐渐律化，七言律绝便就此产生了。

近体律诗对七绝的影响，除声律外，主要表现在对仗上。五言律绝虽然在初唐就已经出现了，却不尚对偶。而七言律绝却不然，不仅音律、辞藻华美，且对仗也极为讲究。

—（ 名篇示例 ）—

绝句

（唐）杜甫

两个黄鹂鸣翠柳，一行白鹭上青天。

（仄）仄（平）平平仄仄，（平）平（仄）仄仄平平。

窗含西岭千秋雪，门泊东吴万里船。　　（下平一先）

乌衣巷

（唐）刘禹锡

朱雀桥边野草花，乌衣巷口夕阳斜。

（仄）仄平平仄仄平，（平）平（仄）仄仄平平。

旧时王谢堂前燕，飞入寻常百姓家。　　（下平六麻）

  清代思想家王夫之指出："五言绝句自五言古诗来，七言绝句自歌行来。"（王夫之《姜斋诗话》）可见，五绝和七绝的起源不同。这也注定了二者的审美情趣、创作风格、发展路径必然各有千秋。明代诗论家胡应麟曾评价道："五言绝尚真切，质多胜文。七言绝尚高华，文多胜质。五言绝昉于两汉，七言绝起自六朝，源流迥别，体制自殊。至意当含蓄，语务春容，则二者一律也。"（胡应麟《诗薮》）

  可见，五言绝句脱胎于风骨凛然的两汉，自然崇尚情真意切、朴实无华的文风。因此，五绝的佳作大多以清新质朴的内容取胜，以调古意高为第一要义。而七言绝句则由华美绚丽的六朝迤逦而来，也就必然会追求风调高华、讲究辞藻的文风。此外，七言比五言多出的这两个字，赋予了诗歌内容更丰富的可能性，情感表达的回旋余地也更大一些，连音韵上都由2-3节奏扩展为2-2-3节奏，更加起伏跌宕了。因此，七言绝句往往意象丰富、意境优美，读来令人回味无穷。

—（名篇示例）—

出塞

（唐）王昌龄

秦时明月汉时关，万里长征人未还。
但使龙城飞将在，不教胡马度阴山。（上平十五删）

　　出塞是乐府古题。首句勾勒出一幅冷月照边关的苍凉景象，用互文的手法暗示着这里的战事自秦汉以来从未间歇，更突出了历史的沧桑感。加之万里长征的辽远、人未还的悲壮，使人联想到战争给人民带来的灾难。后两句呼唤如卫青、李广般勇冠三军的大将去阻挡入侵者的铁骑，写得含蓄、巧妙，在与前朝往事的对比中，抒发了深沉的悲愤与壮怀。全诗以月光、边塞、征人、飞将、胡马、阴山等一系列经典意象，营造了悲壮美的氛围，在边塞诗中很具有代表性。

芙蓉楼送辛渐

（唐）王昌龄

寒雨连江夜入吴，平明送客楚山孤。
洛阳亲友如相问，一片冰心在玉壶。（上平七虞）

　　这首送别诗开篇即描绘迷蒙的烟雨笼罩着吴地江天，织成了一张无边无际的愁网。寒夜、冷雨、浩浩江水、兀立的楚山，共同展现了一种极其高远壮阔的境界。夜雨增添了萧瑟的秋意，也渲染出了离别的黯淡气氛，可以想见，诗人大约因离情萦怀而一夜未眠。后两句对友人的嘱托则写出了诗人高洁清白的品格，尽显傲岸的风骨。寥寥二十八字，营造了凄楚而不失豪迈的氛围，笔法独具一格。

二、七言绝句是如何做到风调高华的

1. 选取多种意象共同抒情

所谓意象，是指承载了相对固定的情感的客观事物，即每当人们想到某种情感，就会立刻联想到的客观事物。例如：一想到"团圆"，马上联想到月亮；一想到"思亲"，马上会想到鸿雁传书、思妇捣衣；一想到"愁苦"，就会想到落花流水、雨打芭蕉、梧桐秋叶、落日楼头、杜鹃哀鸣，等等。有时，也指某些生活场景中具有代表性的事物。例如，"秋"这个季节代表性的事物中，既有高远的碧空、明朗的阳光、红黄的落叶、盛开的菊花等表达舒朗心境的，又有衰弱的蝉声、清晨的寒霜、萧瑟的西风、遒劲的枯枝等让人凄凉伤感的。诗人往往在七言绝句中同时运用多个这样的意象，使情感表达更丰满、更富于层次感。

—（**名篇示例**）—

枫桥夜泊

（唐）张继

月落乌啼霜满天，江枫渔火对愁眠。
　　　　▲　　　　　　▲

姑苏城外寒山寺,夜半钟声到客船。 (下平一先)
▲

游子天涯羁旅,夜晚泊船在苏州城外,此时心情难免孤寂落寞。于是思乡的明月、悲啼的乌鸦、凄凉的寒霜、悠远的钟声全都自然而然地走入诗人心中,甚至连火红的枫叶、渔家的灯火这些原本让人愉悦的事物,此时此刻在诗人眼中也都染上了哀愁,陪伴诗人在一夜无眠中等待天明。景物的搭配与人物的心情达到了高度的默契与交融,从而在情景交融中把诗人客舟孤苦、愁怀难遣的情感展现得淋漓尽致。

月夜

(唐)刘方平

更深月色半人家,北斗阑干南斗斜。
▲ ▲
今夜偏知春气暖,虫声新透绿窗纱。 (下平六麻)
▲

古往今来写春、写月的诗歌数不胜数,但这首诗却不落俗套。诗的前两句写月色、星斗,不着一丝春的色彩,第三句的虫声、绿窗纱却暗中关合"春气暖",颇具蕴藉之致。诗人以一颗纯净的心体察着大自然的细微变化,所选取的几个意象互为映衬,写足了春天月夜的温暖与生机盎然。

2. 描绘意味深远的画面，营造醇美的意境

如果说选取多种意象共同抒情，让所写的客观事物都沾染上诗人情感是在营造"有我之境"的话，那么，很多时候诗中圣手们是在通过客观描绘自然的画面，以写实的笔法真实地再现"无我之境"。而后者意境更深远，笔法也更高妙。

王国维在《人间词话》中论及意境说时有如下解释：

> 有有我之境，有无我之境。……有我之境，以我观物，故物皆著我之色彩。无我之境，以物观物，故不知何者为我，何者为物。

> 无我之境，人唯于静中得之。有我之境，于由动之静时得之。故一优美，一宏壮也。

可见，无我之境是对自然美景和生活画面的纯粹再现，需要读者在内心的平静中去细细体味诗歌中所蕴含的悠远绵长、回味无穷的余韵。

―（**名篇示例**）―

滁州西涧

（唐）韦应物

独怜幽草涧边**生**，上有黄鹂深树**鸣**。
春潮带雨晚来急，野渡无人舟自**横**。　（下平八庚）

前两句的青草和黄鹂，一动一静，相得益彰。后两句写带雨春

潮之急和水急舟横的景象，蕴含一种不在其位，不得其用的无可奈何之忧伤。全诗纯粹是对乡野景致的描绘，无一字写意抒情，却表露了恬淡的胸襟和忧伤之情怀。

黄鹤楼送孟浩然之广陵

（唐）李白

故人西辞黄鹤楼，烟花三月下扬州。
▲
孤帆远影碧空尽，唯见长江天际流。（下平十一尤）
▲

前两句叙事，虽然只是客观交代"西辞黄鹤楼""三月下扬州"的时间、地点、事件，但"故人"二字关情，"烟花"二字唯美，使得这两句七绝顿时摇曳生姿。送别友人，却只字未提离别时的设宴饯行、依依惜别，而是直接将镜头切换到友人乘坐的小船早已顺流东下、渐行渐远的时刻。诗人此时已经在江边伫立良久，一直远眺着友人的小船，直到连孤帆一点都消失在水天相接的尽头，仍不忍离去。此中的孤单、落寞，恐怕只有同样独自流向天际的江水才能感同身受吧！这个隐藏在诗句背后的、愣愣地守在原地、呆呆地凝望远方的背影，和画面上大片的留白一起，营造出一种无限怅惘的意境，留给读者的想象空间让人回味无穷。

3. 立意或深远或新颖

所谓"五言绝尚真切，质多胜文。七言绝尚高华，文多胜质"，并不意味着七言绝句只追求辞藻华美，不顾及立意和内涵。相反，七绝中不乏不落窠臼、立意或深远或新奇的好作品。加之文采斐然，从这一点上讲，七绝已经比较彻底地脱离了六朝奢靡浮泛的文风，真正做到了文质兼善。所谓立意要新，就是说立意不落俗套，别具一格。要展现独特的观点，对相同的事物有不同的见地。

— (名篇示例) —

菊花

（唐）元稹

秋丛绕舍似陶家，遍绕篱边日渐斜。
不是花中偏爱菊，此花开尽更无花。　　（下平六麻）

题菊花

（唐）黄巢

飒飒西风满院栽，蕊寒香冷蝶难来。
他年我若为青帝，报与桃花一处开。　　（上平十灰）

同样是菊花诗，从情感来看，元稹的诗比较平淡。不外乎用陶渊明爱菊的典故表达对隐逸生活的偏爱，夕阳中篱笆下丛丛秋菊盛放的景致描绘得固然美，但诗歌的意境和情感未免流于一般化。而黄巢的诗虽也感叹菊的凌霜绽放、风骨奇高，但后两句一反前两句婉转跌宕的唯美气息，用朴素的语言道出一派指点江山的霸气，翻出了更为深刻的新意。

秋词

(唐) 刘禹锡

自古逢秋悲寂寥,我言秋日胜春朝。
▲　　　　　　▲
晴空一鹤排云上,便引诗情到碧霄。　　(下平二萧)
　　　　　▲

大凡写秋,多为悲秋的情调。但此诗一反常态,以奔放的热情、生动的画面,热情赞美秋日风光的美好,唱出了一首昂扬奋发的励志之歌。诗人虽被贬,却不悲观消沉,通过歌颂秋天的壮美,表达了自己的乐观情绪和昂扬奋发的进取精神。这首诗与众不同,颇有新意,给人焕然一新的感觉,留下了美好印象。这就是七绝立意新的效果。

第四节 如何让诗歌的气韵生动

我们在读诗的时候往往能很直观地感受到,有的诗行文很朴实,有的诗很有灵动之感。同样是李白的作品,"仰天大笑出门去,我辈岂是蓬蒿人"(《南陵别儿童入京》)和"孤帆远影碧空尽,唯见长江天际流"(《黄鹤楼送孟浩然之广陵》),显然不是同一种风格。前一句诗中,诗人仰天大笑的形象虽然率真鲜活,但终不及后一句诗气韵生动,让人回味无穷。究其原因,除了帆影、碧空、长江构成了一幅空阔寂寥的画面之外,"尽"和"唯"这两个字对气氛的渲染作用也不可小觑。这就是诗歌创作最常用的艺术手法——炼字。

一、何谓"炼字"

炼字,又称"炼词"。即根据内容和意境的需要,精心挑选最贴切、最富有表现力的字词来表情达意。炼字的目的在于以最恰当的字词,贴切生动地表现人或事物。

据说宋代王安石《泊船瓜洲》中"春风又绿江南岸"的"绿"字,初作"到",又改为"过""入""满"等十余字,都不甚满意,最后才定稿。古人作诗,常常"吟安一个字,捻断数茎须"(卢延让《苦吟》)。

诗家常把炼字、修改称为"推敲"。这源自贾岛在作《题李凝幽居》时,对"鸟宿池边树,僧敲月下门"一句该用"推"还是用"敲"苦苦琢磨,太过专心,以至于冲撞了韩愈的仪仗,成就了一段佳话。

古诗词中"炼"的字有很多种不同的类型,但目的只有一个,即让诗歌生动起来。

二、什么样的字最值得"炼"

1. 用恰当的动词描绘事物的动态美

动词是表示人或事物的动作、存在、变化的词,例如:走、笑、有、在、看、写、飞、落、保护、开始、起来、上去等。什么样的动词是"恰当"的呢?动词虽然都是表示动作的,但有时候表示的是动作的状态,比如:走、哭、笑;有时候表示的是动作的瞬间,比如:凌、越、冲。二者相比较,当然是表达动作瞬间的词汇更灵动、更能表现动态美了。

—(名句示例)—

杜甫《八阵图》"功盖三分国,名成八阵图"一句。"成名"是一种状态,但"盖过"是有动态感觉的。所以,尽管诗前两句是对仗的,但两个动词的表达效果却并不完全一致。实际读来的确是"盖"字更有气势，更精彩。

杜甫《旅夜书怀》"星垂平野阔，月涌大江流"一句。原野开阔一望无际，使星斗显得几乎低"垂"到地面；江水奔流东去，水面上月的倒影随波涛"涌"动。原本两个静态的画面，在这两个动词的引领下，仿佛活了起来。

苏轼《蝶恋花·春景》"花褪残红青杏小。燕子飞时，绿水人家绕"一句。词写暮春景色，作者的视线是从一棵杏树开始的：花儿已经凋谢，所余不多的红色也正在一点一点褪去，树枝上开始结出了幼小的青杏。接着，作者将目光从一花一枝上移开，写燕子绕舍而飞，绿水绕舍而流，行人绕舍而走，着一"绕"字，则生趣盎然。"绿水人家绕"一句中的"绕"字，曾有人以为应是"晓"。但通读全词，并没有突出的景物表明这是破晓时分的景色，因而显得没有着落，还是"绕"更恰切。

苏轼《江城子·密州出猎》"老夫聊发少年狂，左牵黄，右擎苍，锦帽貂裘，千骑卷平冈。为报倾城随太守，亲射虎，看孙郎"一句。"千骑卷平冈"，一个"卷"字，凸显出太守率领的队伍，势如磅礴倾涛，人马过处，仿佛一阵旋风从山岗上瞬间刮过，何等雄壮！全城的百姓也来了，来看他们爱戴的太守行猎，万人空巷。这是怎样一幅声势浩大的行猎图啊！太守备受鼓舞，气冲斗牛，为了报答百姓随行出猎的厚意，决心亲自射杀老虎，让大家看看孙权当年搏虎的雄姿。一个"卷"字，画龙点睛般写活了整个画面。

2. 用形容词直观地勾画出姿态

形容词主要用来描写或修饰名词或代词,表示人或事物的性质、状态、特征或属性,常用作定语,也可作补语或状语,如"大、高、认真、生动、美丽、精明、可爱、冰凉、初级、高级、简单、复杂"等。古典诗歌中常用表示颜色、形状、情态的形容词,直观地描摹出景物的特征,让读者边读边不自觉地想象出画面,达到让人身临其境的效果。

—(**名句示例**)—

王维《使至塞上》"大漠孤烟直,长河落日圆"一句。诗人在奔赴大漠,慰问戍边将士的途中看到了两幅壮阔的画面:一幅画面是无边无际的莽莽黄沙,不见草木人烟,天空没有一丝云影。极目远眺,但见天地尽头有一缕孤烟直上云霄,那是远处点燃的烽火狼烟。诗人的精神为之一振,似乎觉得这荒漠有了一点生气。另一幅画面是诗人站在一座山头上,俯瞰蜿蜒的黄河。傍晚时分,浑圆的落日低垂河面,恍如红日就出入于长河之中,平添了河水吞吐日月的宏阔气势。"直"和"圆"两个字让画面的主角变得具体直观,从而使整个画面更显得雄奇瑰丽。

李清照《如梦令》"知否?知否?应是绿肥红瘦"一句。"绿肥红瘦"一语,是全词的点睛之笔,历来为人称道。"绿"代替叶,"红"代替花,是两种颜色的对比;"肥"形容雨后的叶子因水分充足而茂盛肥大,"瘦"形容雨后的花朵因不堪雨打而凋谢稀少,是两种状态的对比。本来平平常常的四个字，经词人的搭配组合，竟显得如此色彩鲜明、形象生动，这实在是语言运用上的一个创造。由这四个字生发联想，那"红瘦"正是表明春天的渐渐消逝，而"绿肥"正是象征着绿叶成荫的盛夏的即将来临。这种极富概括性的语言，又实在令人叹为观止。

北宋宋祁《玉楼春·春景》"红杏枝头春意闹"一句。"闹"字形容出了红杏花开的众多、纷繁，一簇簇挨挨挤挤，仿佛很多人挤在一起热闹的样子，从而把生机勃勃的大好春光全都点染出来了。"闹"字不仅有色，而且似乎有声。王国维在《人间词话》中说："着一'闹'字而境界全出。"

3. 动词和形容词的使动用法

所谓使动用法，是指谓语动词具有"使之怎么样"的意思，即此时谓语动词表示的动作不是主语发出的，而是由宾语发出的。实际上，它是以动宾的结构方式表达了兼语式的内容。使动用法中的谓语动词，有的本身就是动词，有的是由名词、形容词活用来的。

例如："直可惊天地，泣鬼神。"（《〈黄花岗七十二烈士事略〉序》）惊：使……震惊。泣：使……悲泣。这里，"惊"和"泣"虽然本身就是动词，但它们表达的含义不是主语"烈士们"震惊悲泣，而是宾语"天地""鬼神"震惊悲泣。这就是动词的使动用法。

例如："无丝竹之乱耳，无案牍之劳形。"（《陋室铭》）乱：使……扰乱。劳：使……劳累。"乱"和"劳"是形容词，本身不能表示动作或变化。但在这里却表示宾语"耳朵""身形"被扰乱、被劳动的状态,成为了动词。这就是形容词的使动用法。

在古典诗歌中,同样存在着这样的活用,而且因为使令的含义,使景物描写产生了过程性的动态感。

— (名句示例) —

唐代王昌龄《从军行七首·其四》"青海长云暗雪山,孤城遥望玉门关"一句。从边塞孤城上远远望去,从青海湖经祁连山到玉门关这一道边境线上天空密布阴云,烽烟滚滚,银光皑皑的雪山顿显暗淡无光。这里赋予形容词"暗"以使动用法,是为了强调黑云压城、战争将至的紧张气氛,以至于把雪山的银光都变暗了。这个变暗的动态过程如同电影镜头的光影变化一般,饱含着苍凉悲壮的情调。

王维《过香积寺》"泉声咽危石,日色冷青松"一句。意在表现环境的幽冷,写声写色,逼真如画。这是两个倒装句:山中危石耸立,流泉自然不能轻快地流淌,只能在嶙峋的岩石间艰难地穿行,仿佛痛苦地发出呜咽之声。夕阳西下,昏黄的余晖涂抹在一片幽深的松林上,这情状,不能不"冷"。"咽"和"冷"极为准确、生动,强调了危石使泉声幽咽,青松使日色清冷,有拟人的效果,堪称神来之笔。

4. 副词能起到强化情感的作用

副词是指在句子中表示行为或状态的特征的词，起修饰或限制动词或形容词的作用，表程度或范围。如"很、颇、极、十分、就、全都、马上、立刻、曾经、居然、重新、不断、尚且"等。在古典诗歌中，常常借助副词来表达情感或事物的程度。

— （ **名句示例** ）—

唐代杜牧《泊秦淮》"商女不知亡国恨，隔江**犹**唱后庭花"一句。夜泊秦淮，诗人听到隔江传来亡国之音《玉树后庭花》。"犹"是"还"的意思，诗人表面上是在斥责"商女"，在国事衰微之际，还在唱着前朝的亡国之音。实际上则是斥责那些身负天下安危，却醉生梦死的达官显贵，如此下去，也将像陈后主一样亡国。一个"犹"字，是诗人发自肺腑的慨叹，令人陡生历史悲剧又将重演的预感，更是诗人振聋发聩的警示。

唐代李益《夜上受降城闻笛》"不知何处吹芦管，一夜征人**尽**望乡"一句。在万籁俱寂中，夜风送来呜呜咽咽的芦笛声。这笛声使诗人想到：是哪座烽火台上的戍卒在借芦笛声倾诉那无尽的边愁？那幽怨的笛声又触动了多少征人的乡愁？在这漫长的边塞之夜，他们一个个披衣而起，忧郁的目光掠过茫茫大漠和如雪的月光，久久凝视着远方。"尽"是"全都"的意思，道出了被征发戍边的士兵们，全都被这呜咽的笛声勾起深重急切的望乡之情，以及无人能够幸免的深沉情感。

李白《独坐敬亭山》"相看两不厌，只有敬亭山"一句。诗人用浪漫主义手法将敬亭山人格化。尽管鸟飞云去，诗人仍没有回去，也不想回去，他久久地凝望着幽静秀丽的敬亭山，觉得敬亭山似乎也正含情脉脉地看着自己。他们之间不必说什么话，已达到了感情上的交流。"只有"两字更突出诗人对敬亭山的喜爱。人生得一知己足矣，作者的孤独、怀才不遇，在敬亭山的款款深情中释怀了。从此他更坚定地自信"天生我材必有用"，诗人的精神世界在大自然中得到了安慰和寄托。

5. 精挑细选的叠词是绝佳的情感载体

词和词常常可以叠起来用，如：纷纷扬扬，收拾收拾，红彤彤等，这样的词用在句子中很有表现力，使语言充满音乐的和谐美和节奏美，可以增加文采，更好地表达作者的感情。古典诗歌中，叠词的使用是非常普遍的。据统计，《诗经》305篇中使用叠字的有200余篇，正如刘勰在《文心雕龙·物色》中所说："'灼灼'状桃花之鲜，'依依'尽杨柳之貌，'杲杲'为日出之容，'瀌瀌'拟雨雪之状，'喈喈'逐黄鸟之声，'喓喓'学草虫之韵。"这些叠字在诗中有三百五十多句，效果奇佳——使描绘的景色或人物更加形象，富于艺术魅力；既可摹声，又可摹色，使表达的意象更加确切；使音律和谐，读起来朗朗上口，听起来声声悦耳。

名句示例

《古诗十九首》中《青青河畔草》开头六句连用了六组叠词:"青青河畔草,郁郁园中柳。盈盈楼上女,皎皎当窗牖。娥娥红粉妆,纤纤出素手。"前两句写景,用"青青""郁郁"描绘出春天草木浓密的生机;后四句写人,四组叠字将思妇的体态、仪容、装扮等写得十分逼真,呼之欲出。

杜甫《登高》"无边落木萧萧下,不尽长江滚滚来"一句。诗人仰望茫茫无际、萧萧而下的木叶,俯视奔流不息、滚滚而来的江水,在写景的同时又抒发了自己深沉的情感。"萧萧""滚滚"使人联想到落木的窸窣之声,长江的汹涌之状,形象生动,也无形中传达出韶光易逝,壮志难酬的悲怆和感伤。

李清照的《声声慢》开头连用了七组叠字,"寻寻觅觅,冷冷清清,凄凄惨惨戚戚",向来备受后人赞赏。清代徐釚的《词苑丛谈》中有言:"首句连下十四个叠字,真似大珠小珠落玉盘也。"清代梁绍壬在他的《两般秋雨庵随笔》中也称赞道:"出奇制胜,真匪夷所思矣。"这七组叠词恰如其分地表达了词人自己遭受不幸后的精神状态:"寻寻觅觅",侧重写动作,心神不定,怅然若失;"冷冷清清",侧重写感受,孤单寂寞,形影相吊;"凄凄惨惨戚戚"侧重写心境,悲惨凄凉,终日愁苦。三者共同奠定了整首词悲伤的情感基调,且铿锵跃动,富于节奏感。

三、牛刀小试

一首诗中往往只要有一两个字被诗人精心锤炼过,就会带动得整首诗气韵生动、摇曳生姿。创作者在写作过程中要有意识地使用这种生动形象的动词、形容词、副词,把诗句"写活"。读者也要有意识地揣摩创作者的意图,找到这些匠心独运的诗眼,把诗"读活"。

—(练习一)—

试分析下列两首诗中哪些字是诗人有意锤炼过的?炼字的效果如何?

秋风

罗雪涵(11岁)

湖面微波起,草木叶将离。
　　▲　　　　　▲
细雨邀寒气,秋风此处栖。　　　　(新韵i)
　　▲　　　　　　▲

秋夕

(唐)杜牧

银烛秋光冷画屏,轻罗小扇扑流萤。
　　　　▲　　　　　　▲

天阶夜色凉如水，卧看牵牛织女星。　（下平九星）

---（参考答案）---

秋风

罗雪涵（11岁）

湖面微波起，草木叶将离。
细雨邀寒气，秋风此处栖。　（新韵i）

"邀"和"栖"这两个动词本来是针对人或者动物的，这里用在"细雨"和"秋风"上，就很有创意。如果说诗的前两句写的是湖水和落叶的静态画面的话，那么这后两句就是动态的，而且是拟人化了的动态，一下子就把画面点活了。又是出自一个11岁的孩子之手，颇有童话绘本的即视感。

秋夕

（唐）杜牧

银烛秋光冷画屏，轻罗小扇扑流萤。
天阶夜色凉如水，卧看牵牛织女星。　（下平九星）

七夕之夜，主人公独自看星空，想象天上牛郎织女有情人相会。这其中的凄凉不必赘言。一个使动用法的"冷"字将主人公内心的清冷凝聚于纸上，让读者不能不为之动容。而主人公自喻为入秋后的团扇，必遭冷落，只能用作"扑流萤"的游戏之物。一个"扑"字将身世的凄凉推入了一个更深层的境地。

—（练习二）—

请修改下列习作，做到用一两个"炼字"使诗歌鲜活起来。

迟梅

任芳苡（12岁）

墙满碧叶似溢出，春夏秋冬一如故。
直到残垣叶枯时，一点红梅悄然入。

迟梅 （修改后）

碧叶满墙欲溢出，妖娆四季亦如故。
待到垣残叶枯时，一点红梅悄然入。

原诗首句描绘了一个绿叶满墙，似乎要溢出来的静态画面。如果改成"欲"字，就相当于把叶子拟人化了，展现了碧绿的叶子满墙挨挨挤挤，都想要从墙上溢出，流泻下来的动态画面。原诗第三句说"直到……"的时候，这是一个状态的展示。但如果改成"待到"，那就是像人一样焦急地等待着，呼应了前面对绿叶的拟人化，也为下句

"一点红梅悄然入"的"悄然"起到了蓄势的作用。这两个字改完以后，原诗就从静态的景物描写，上升到了动态地、人性化地表现迟开的梅花的品格的境界。

律诗是格律诗中最主要的一种。现代人往往认为，律诗的声律、对仗要求繁复而严格，必须经过古代私塾的童子功训练，方能写得出来。但事实并非如此。学习的规律是，规则越具体清晰，学起来越目标明确，容易上手。所以，相较于古体诗、词、曲等其他规则比较少的古典诗歌，律诗更适合初学者学习诗歌创作的基本技法。

第三章

戴着镣铐跳舞的精灵——律诗

律诗的基本规则

一、何谓律诗

律诗是中国传统诗歌的一种体裁，属于近体诗范畴，因格律要求非常严格而得名。律诗起源于南朝齐永明时沈约等人讲究声律、对仗的新体诗，至初唐沈佺期、宋之问等进一步发展定型，盛行于唐宋时期。律诗在字句、押韵、平仄、对仗各方面都有严格规定。其常见的类型有五言律诗和七言律诗。

律诗的容量比绝句增加了一倍，所以可写更多的事或景，可抒发更多更细致的情感。"它散中有整，常中有变，对仗工整，内容充实"。五律显得简短、朴直有力，七律显得悠扬、迂回婉转。律诗既讲究平仄、押韵，又讲究对仗，故写作较难。但从阅读的角度看，律诗遣词造句凝练精美，读来朗朗上口。这艰难和精美的交相辉映，犹如戴着镣铐跳舞的精灵。

—（名篇欣赏）—

月夜忆舍弟

（唐）杜甫

戍鼓断人行，秋边一雁声。露从今夜白，月是故乡明。
仄仄仄平平，平平仄仄平。仄平平仄仄，仄仄仄平平。
　　　　▲　　　　　　　　　　　　　　　　▲
有弟皆分散，无家问死生。寄书长不达，况乃未休兵。
仄仄平平仄，平平仄仄平。仄平平仄仄，仄仄仄平平。

（下平 八庚）

    这是一首规范的五律——每联的末字押下平声八庚韵，且首句入韵。平仄非常符合仄起平收式的五律格式（注：加点字为仄声字）。颔联和颈联对仗工稳：露对月，从对是，今夜对故乡，白对明；有弟对无家，皆分散对问死生。出句和对句的句子结构一致，相应位置的词性相同，词义相关或相反。首联、颔联写景，颈联叙事，尾联抒情，几种表达方式自然转换，浑然天成。

二、律诗的基本特征

    广义的"律诗"概念很宽泛，允许拗格、三仄尾等不太规范的形式存在，如崔颢的《黄鹤楼》就是典型代表。狭义的"律诗"格律非常严谨，在字句、押韵、平仄、对仗各方面都有严格规定。

1. 字数、句数固定

　　律诗通常每首八句。超过八句的，则称排律或长律。以八句完篇的律诗，每两句组成一联，共四联，习惯上称第一联为首联，第二联为颔联，第三联为颈联，第四联为尾联。每联的上句称为出句，下句称为对句，上下两句构成对句关系，前联的对句和后联的出句的关系则称为邻句关系。

　　律诗句子字数整齐划一，每句或五言，或七言，分别称五言律诗、七言律诗。五律规定每句五字，全首共四十字；七律规定每句七字，全首共五十六字。还有每句六字，全首四十八字的，称六言律诗，传世作品极少。

2. 押韵严格

　　律诗通常押平声韵，而且必须按韵书中的字押韵。原则上只能用本韵，不能用邻韵；即使稍微松一点，也只允许入韵的首句可以用邻韵，叫作"借韵"。

　　律诗还要求全首通押一韵，即一韵到底，中间不得换韵。第二、四、六、八句押韵，首句可押可不押。五律以首句不入韵为正例，入韵为变例；七律以首句入韵为正例，不入韵为变例。

3. 要求对仗

　　律诗对对仗工稳的要求比较高。每首律诗的颔联、颈联必须要对仗，首联和尾联可对可不对。前面讲对联时介绍了对仗的基本规则。即：上下联字数相同、句式结构相同、相应位置的词性相同、词义相近或相反、出句末字仄声对句末字平声。颔联和颈联即为两副工稳的对联。

律诗的对仗要注意以下几点：

（1）不能用一样的字相对。

像"人有悲欢离合，月有阴晴圆缺"这种对仗，在词、曲中是可以允许的，在近体诗中则绝不允许。实际上，除非是修辞的需要，在近体诗中必须避免出现相同的字。

（2）可以借用同音字形成工对，叫作借对。

野望

（唐）杜甫

西山白雪三城戍，南浦清江万里桥。

海内风尘诸弟隔，天涯涕泪一身遥。

唯将迟暮供多病，未有涓埃答圣朝。

跨马出郊时极目，不堪人事日萧条。

首联"西"对"南"是方位对，"山"对"浦"是地理对，"三"对"万"是数目对，而"白"对"清"，则是借用"清"的同音字"青"，构成了颜色对。这样的借对，也属工对。

这种谐音的借对，多见于颜色对。

秦州杂诗 其三

（唐）杜甫

州图领同谷，驿道出流沙。

降虏兼千帐，居人有万家。

马骄珠汗落，胡舞白蹄斜。

年少临洮子，西来亦自夸。

颈联以"珠"谐音"朱"，与"白"相对。

独坐

（唐）杜甫

悲愁回白首，倚杖背孤城。

江敛洲渚出，天虚风物清。

沧溟恨衰谢，朱绂负平生。

仰羡黄昏鸟，投林羽翮轻。

颈联以"沧"谐音"苍"而与"朱"相对。

（3）有一些对仗，表面上看起来不对，实际上是用了别义相对。

《蜀相》的颈联，"朝"对"顾"用的是这两个字的别义来相对。

在这里，用"朝"的"面朝着"之意对"顾"的"回头看"的意思。"下"对"臣"，用的是"下"的别义，即与"皇上"相对的"臣下"这个意思来相对，而不是用它们在句中的意思。

这种别义相对的对仗，要明白其出处或另外的词义，才知道是相对。例如：

曲江二首 之二

（唐）杜甫

朝回日日典春衣，每日江头尽醉归。

酒债寻常行处有，人生七十古来稀。

穿花蛱蝶深深见，点水蜻蜓款款飞。

传语风光共流转，暂时相赏莫相违。

颔联以"寻常"对"七十"似乎不对，其实"八尺曰寻，倍寻曰常"，"寻常"两字也可当成数目字，与"七十"对得相当工整。像这样用了别义、典故，要拐一下弯才对上，出人意料的，实际上也属借对，而且经常被认为是不俗的佳对。

4. 讲究平仄

平仄就是声调。古代四声为平上去入，现代四声为阴平，阳平，上声，去声。古代的平，就是平声，现代汉语的阴平和阳平在古代都属于平声；仄，就是上声、去声、入声的总称。现代的平，就是阴平和阳平，仄就是上声和去声。古代的入声在现代汉语中已经不存在了，分散到现代的四声中去了，例如：一、六、七、八、十、百、黑、白、日、月等，在古代都是入声字，今天已经分别归入阴平、阳平、上声、去声中了。但在一些地方方言中还存在入声，所以写格律诗用旧韵时一定要考虑入声字。

律诗中讲究平仄是指，在一句诗中，规定了每个字的平仄。即：每句诗都是"律句"。通常，律句以两字或三字为一组，平仄声相间隔，如："平平仄仄平"，"平平仄仄仄平平"。并通过"粘对"的组合，即上一联对句的平仄与下一联出句的平仄（主要是第二、四、六字）相同，如同"粘贴"过来的，每一联出句和对句相应位置的字（主要是第二、四、六字）平仄相反，如同站在"对面"，构成一首在声律上抑扬顿挫的律诗。

每个句子的平仄又有一定的弹性。古人作诗讲究"一三五不论，二四六分明"，即指：以七律为例，每句的一三五字的平仄可以灵活一些，而二四六字的平仄一定要严格按照规则来。如果二四六字的平仄不对，即为"拗"，下一句的相应位置要随之改变平仄，即为"救"。此外，每一句中不能在韵脚字之外只有一个平声字，每联末尾不能连用三个平声字。

规则繁多，我们在本章第三节还会详细介绍，此处不赘述。

律诗的基本规则：

（1）字数：四联八句（排律除外），每句五言或七言。

（2）押韵：每联末字押韵，一韵到底，押平声韵。

原则上只能用本韵，不能用邻韵，只允许入韵的首句可以用邻韵。

（3）对仗：颔联和颈联对仗工稳。

（4）平仄：每句均为律句，符合平仄规律。

每联的出句和对句都符合"粘""对"的要求。

如果上一句有"拗"字，下一句必须"救"。

句中不能"犯孤平"，句末不能有"三平调"。

—（ 名篇欣赏 ）—

山居秋暝

（唐）王维

空山新雨后，天气晚来秋。

（平）平平仄仄，（仄）仄仄平平。
　　　　　　　　　　　　▲

明月松间照，清泉石上流。

（仄）仄平平仄，平平仄仄平。
　　　　　　　　　　　　▲

竹喧归浣女，莲动下渔舟。

（平）平平仄仄，（仄）仄仄平平。
　　　　　　　　　　　　▲

随意春芳歇，王孙自可留。

（仄）仄平平仄，平平仄仄平。　　（下平 十一尤）
　　　　　　　　　　▲

这首五律押下平声十一尤韵。颔联和颈联对仗工稳："明月"对"清泉"，"松间"对"石上"，"照"对"流"；"竹喧"对"莲动"，"归"

对"下","浣女"对"渔舟"。首联叙事，交代了时间秋天的傍晚、地点空山、事件雨后；颔联写月光朗照在松林间，泉水静静地漫过涧底的青石，仿佛在石板上蒙了一层薄膜，属于静态的景物；颈联写浣纱女浣罢归来，有说有笑，引起竹林间的一阵喧闹，渔舟顺流而下，推得莲花攒动，摇曳生姿，属于动态的景物；尾联抒情，一派恬淡从容之气。

登高

（唐）杜甫

风急天高猿啸哀，渚清沙白鸟飞回。
（仄）仄平平仄仄平，（平）平（仄）仄仄平平。
▲ ▲
无边落木萧萧下，不尽长江滚滚来。
（平）平（仄）仄平平仄，（仄）仄平平仄仄平。
▲
万里悲秋常作客，百年多病独登台。
（仄）仄（平）平平仄仄，（平）平（仄）仄仄平平。
▲
艰难苦恨繁霜鬓，潦倒新停浊酒杯。
（平）平（仄）仄平平仄，（仄）仄平平仄仄平平。
▲
（上平 十灰）

这首七律押上平十灰韵，首句入韵。全诗无一字出律，声律严谨。首联、颔联、颈联均对仗；颔联颈联的工稳自不必说，首联不但上下句之间"风急"对"渚清"，"天高"对"沙白"，"猿"对"鸟"，

"啸哀"对"飞回"，出句和对句句内也对仗，"风急"对"天高"，"渚清"对"沙白"，非常巧妙。从内容上看，这两句都是动静结合，连续罗列六种意象，渲染了悲凉的气氛，奠定了全诗的情感基调。颔联的"无边""不尽"，使"萧萧""滚滚"更加形象化，不仅使人联想到落木的窸窣之声，长江的汹涌之状，也无形中传达出韶光易逝、壮志难酬的悲怆。颈联将镜头拉回到诗人本身，感慨常年的孤单、漂泊，诗人内心的寂寞与惆怅早已跃然纸上。尾联连用"艰""难""苦""恨"四个字组合在一起，极尽笔墨突出诗人内心的痛苦和郁闷程度之深，愁肠百结，愁绪万千。前两联写景，颈联写人，尾联抒情，起承转合，自然流畅，一气呵成。

三、初学者如何写出律诗

初学者尝试写律诗，从五律或七律开始都可以。但不必严格遵循律诗的上述各项写作规则，更不能奢望一下子就写出《山居秋暝》和《登高》这样的绝代佳作来。只要以"能下笔写"为基本目标，选择几条最易操作、简单明了、一学就会的基本规则，真正着手写出来即可。否则，一下子陷入词句推敲的细节中去，一叶障目，不见泰山，反而写不出文脉贯通的作品来了。尤其是"粘""对""拗""救"等比较严格的平仄规律，需要花大力气、长时间反复练习，才能熟练掌握、恰当运用，容易让人产生畏难情绪，望而却步。因此，这里专门为初学者总结出几条比较简单的律诗规则。当大家想用诗歌表达生活中的情感时，只要按照这个规则把相应的内容写在相应的位置就可以了。

初学者学写律诗的最简单"公式"：

（1）四联八句，每句五言或七言。
（2）每联末字押韵，一般押平声韵。
（3）颔联和颈联对仗。
（4）首联叙事，颔联写静景，颈联写动景，尾联抒情。
　　或：前两联写景，后两联分别写人、抒情。
　　或：前三联写景，尾联抒情。

此处没有要求平仄，是担心初学者同时考虑内容安排、押韵、对仗、平仄等多个维度，就会顾此失彼地无从下笔了。省去了平仄这个最难的维度，至少可以先写出四联八句的诗作，以后再慢慢提升要求。按照这个"最简公式"写出来的诗歌，其实最多只能算是"具有律诗雏形的打油诗"罢了。但毕竟是自己写的，写作者会感觉自己离李白杜甫并不遥远，这就迈出了走进诗歌殿堂最艰难的第一步。

―（例1）―

游白道峪

卢恪瑶（11岁）

早起登山去，午后取水回。

山中草木盛，溪间山石晖。

头上飞鸟鸣，足下游鱼归。

此处有美景，忘返忽觉饥。

作者是一名11岁的男孩儿。这首打油诗水平的律诗基本符合了上面最简公式的要求：四联八句，每句五字。颔联和颈联对仗。首联叙述早起登山、午后取水的过程，颔联写草木山石的静景，颈联写鸟鸣鱼游的动景，尾联抒发对美景流连忘返之情。只有每联末字押"ui"韵（《中华通韵》八欸）一项，在尾联没做到。但只要稍做修改，以"忘返饥肠催"结尾，就既保持了作品的原意，又符合了押韵的要求。这首诗内容浅近，表达直白，没有太多的诗情画意，但至少做到了对唐诗模仿的形似。

—（例2）—

夜宿坡峰岭

李砚馨（11岁）

日暮秋风凉如水，轻掩柴扉夜观星。

牵牛织女隔银汉，北落师门俯长空。

隐隐青山泉泠泠，耿耿星河鸟嘤嘤。

此景只应山中有，城中难得几回寻。

这首七律的作者是一名11岁的女孩儿。可能是因为女孩子相对于同龄男孩儿来讲成熟一些，情感也更细腻一些吧，这首诗比上一首《游白道峪》显得更有诗味儿一些。这首诗是四联八句，每句七字。颔联和颈联对仗。首联叙事，交代黄昏到夜里仰望星空的故事背景；颔联写牵牛、织女、北落、师门等星宿闪耀星空的静景；颈联写山泉宿鸟嘤嘤成韵的动景；尾联抒发俗世难得一见山中美景的感叹。只有每联末字押韵一项，做得不太好。星、空、嘤、寻四个字，并不在同一个韵中。但此诗胜在意境上。一个11岁的孩子能够寥寥几笔就勾勒出一幅郊野观星图，将久居于喧嚣都市中的人们于寂静的山林中仰望夜空、慨叹星河璀璨的情景展现在读者眼前，已经实属不易了。所以在形式上完全可以放宽要求，以鼓励孩子们写诗的热情。

如何快速成诗

随着《中国诗词大会》的热播,热爱中国古典诗词的人越来越多,想试着自己创作古诗词的人也越来越多。但很多人感觉无从下笔,就像在学校语文课上写作文时的感受一样,总觉得自己的生活太普通,乏善可陈。所以,即便老师讲过很多作文的写作技巧,即便学过很多篇现当代文学史上的美文,轮到自己写作文时,仍然写不出来。这就涉及如何选材、组材才能快速成文的问题。对于初学者来讲,克服"没得可写"的障碍,远比学习各种写作技巧更实用。作诗,也同样是这个道理——只有打破了"没得可写"的魔咒,才可能在诗歌技巧上进一步学习、探索。

其实,就像写作文要讲究"我手写我心"一样,只要是自己内心的真情实感,任何内容都是可以用诗歌来表达的。不但世俗生活的常事常情皆可入诗,连诗中所描写的具体景物或事物(意象)也完全可以是大家每天司空见惯的、没有任何所谓"诗意"的东西。

一、常事常情皆可入诗

首先，我们要明确，诗歌创作并没有一般人想象得那么高大上，不是非要隐居山林或走向大漠边陲才能有感而发，也不是一定要琴棋书画样样精通才能以风雅的姿态进入诗歌的殿堂。所有世俗生活的场景和体验都可以以诗歌的形式呈现出来。这一点，只要回望中国诗歌的源头《诗经》就一目了然了。《诗经》现存的305篇中有160篇各地民歌，记述的大多是爱情中的思慕、甜蜜、伤心、决绝，并通过描述朴实、琐碎的生活场景来表达这些情感。

例如，《周南·卷耳》："采采卷耳，不盈顷筐。嗟我怀人，寘彼周行。"诗中女子思念远方的爱人，在采卷耳时心里想的都是他，以至于采了许久，箩筐都没填满，心不在焉的结果就是，回家时竟然连筐都忘记在路边了。此处选取的就是生活中一个非常"俗"的劳动场景：卷耳是一种具有祛风散热、解毒杀虫功能的药材。女主人公在采药，也许是为家中的老人孩子治病用，也许是为了卖掉换钱谋生，总而言之，一点都不浪漫。换作今天的生活场景，完全可以理解为一个职场女性坐在电脑前加班，但满脑子想的都是恋人的样子，好几个小时过去了，都没写出多少字来。这个场景和情感当然也可以用七言绝句来表达。

想你，在加班的晚上

月寄愁肠自他乡，清辉斜映电脑旁。
▲　　　　　　　　▲

思绪纷乱难下笔，倩影萦回暗神伤。　（下平 七阳）
▲

　　这首俗得不能再俗的小诗真实地记录了一个当代女子恋爱中的思念。这是很多成年人都有过的情感体验——加班，是一件平常的小事；思念出差在外的恋人，也是忙碌的现代人常常要面对的无奈之情。这样的场景也许就发生在我们的身边——爸爸出差，妈妈思念，再平常、再熟悉不过，平淡地娓娓道来即可，不必做许多藻饰。诗歌以想象远在他乡的恋人思念自己起笔，继而说到月亮的清辉带着恋人的思念落到自己眼前的电脑旁，接下来感慨因思念而写不出要写的工作文件来，最后落到恋人的影子一直在自己眼前晃让自己黯然神伤的抒情上。虽然内容平常浅近，但首句用了"诗从对面来"的笔法，还是多少有一点诗歌的意蕴在的。

1. 古人的常事常情

　　历朝历代的诗人们，除了心系家国天下的理想抱负之外，也关注自己的生活琐事。因而，很多脍炙人口的名句佳作描绘的都是诗人所处时代的"寻常琐事"和"人之常情"。如：寻师访友、招待客人、闺怨思亲、他乡遇故、赶考落第的失意、官场贬谪的愤懑、寄给远方友人的书信、游历名胜的感慨，等等，其中不乏我们耳熟能详的经典诗篇。

名篇欣赏

喜见外弟又言别

（唐）李益

十年离乱后，长大一相逢。

问姓惊初见，称名忆旧容。

别来沧海事，语罢暮天钟。

明日巴陵道，秋山又几重。

安史之乱让诗人同表弟在战乱中分离十年。长大后不期而遇，却已经认不出对方了。只能在互道姓名后，惊喜地回忆彼此儿时的容颜。一时间感慨万千，诉不尽离别后的沧海桑田。转眼间已是日暮时分，悠远的晚钟暗示着深沉的伤感，因为明日一早，兄弟俩又要各奔前程了。多么真切的人之常情啊！我们可以想见，这对表兄弟儿时也曾一起打打闹闹、一起捉迷藏吧？动荡的社会现实让他们不得不分离，别说见面，即使想得到一封报平安的家书，也是可遇而不可求的奢望。在这种每个人都自身难保的恶劣环境下，两个儿时的伙伴居然能不期而遇！这是何等的欣喜、何等的意外！然而，又不得不再次分离。这一去肯定是后会难期，甚至也许是生离死别！诗人面对人生聚散离合无定的惆怅心情，溢于言表。

全诗以朴素自然的情感、凝练的语言、白描的手法、生动的细节、典型的场景，层次分明地再现了亲人间真挚的情谊，诗人借时事动乱中人生聚散的独特一幕，表达出无尽的诗情。

经邹鲁祭孔子而叹之

（唐）李隆基

夫子何为者，栖栖一代中。

地犹鄹氏邑，宅即鲁王宫。

叹凤嗟身否，伤麟怨道穷。

今看两楹奠，当与梦时同。

唐玄宗开元十三年（公元 725 年）十一月庚辰，40 岁的唐玄宗李隆基到泰山祭天，行封禅大礼。封禅之后，顺道经曲阜至孔子家宅，派出使者以太牢祭孔子墓，联想孔子坎坷却执着的一生，不禁感慨万千。

首联出自《论语·宪问》："微生亩谓孔子曰：'丘何为是栖栖者欤？无乃为佞乎？'孔子曰：'非敢为佞也，疾固也。'"感慨像孔子这样的大圣人，虽终其一生于诸侯之间，劳碌不停，但最终也未能实现自己的理想，这是非常悲哀的一件事。作者的同情之心一览无余。颔联写帝王诸侯想要扩建宫殿，也不敢妄动孔子的故居。表明孔子的功绩即便贵为王侯也望尘莫及。颈联借《论语·子罕》中"子曰：'凤鸟不至，河不出图，吾已矣夫！'"的典故，真实再现了孔子自叹命运不济，生不逢时，政治理想难以实现的孤寂凄凉心境。尾联出自《礼记·檀弓上》，表示祭奠礼仪的隆重与庄严，完全符合孔子生前梦见自己死后，灵柩停放在两楹之间的梦境。

这首诗虽句句用典颇有堆砌典故之嫌，但作为帝王，却像一个普通人一样，在拜谒先贤的故居或祠庙后，既叹息这位先贤的一生郁郁不得志，又赞扬了他"明知其不可为而为之"的超凡脱俗的用世精神。全然是一个读书人的常事常情。

客至

（唐）杜甫

舍南舍北皆春水，但见群鸥日日来。
花径不曾缘客扫，蓬门今始为君开。
盘飧市远无兼味，樽酒家贫只旧醅。
肯与邻翁相对饮，隔篱呼取尽馀杯。

此诗是上元二年（公元761年）春天，杜甫五十岁时，在成都草堂所作。杜甫在历尽颠沛流离之后，终于结束了长期漂泊的生涯，在成都西郊浣花溪头盖了一座草堂，暂时定居下来了。安居草堂后不久，客人崔县令来访，让诗人不胜欣喜。宾主相见时，诗人真诚地说：长满花草的庭院小路，还没有因为迎客打扫过；一向紧闭的家门，今天才第一次为你崔明府打开。颈联实写待客。主人虽盛情招待，但因家境贫寒，未酿新酒，酒菜欠丰，而不免歉疚。我们仿佛听到那实在而又亲切的家常话，字里行间充满了融洽气氛。这首工整而流畅的七律，把门前景、家常话、身边情编织成富有情趣的生活场景，以其浓郁的生活气息和人情味，吸引着后代的读者。

2. 今人的常事常情

诗歌创作的初学者很多都是在校学生。学生的日常生活无外乎上课、写作业、上学、放学、食堂吃饭、上操、运动会、春游等"俗事",的确缺乏古代生活场景的典雅与景蕴,但这并不妨碍他们随时随地诗兴大发,用诗歌来记录生活中的真情实感。这也正符合了新乐府运动所倡导的"文章合为时而著,歌诗合为事而作"(白居易《与元九书》)的现实主义创作主张。

—（习作示例）—

数学课纪实

李智宇（11 岁）

震耳欲聋钟敲起,白郎正步黑板前。
　　　　　　　　　　　　▲
窃语偷笑处处有,呕哑嘲哳忍难堪。
白郎一吼镇江山,怒声直冲九重天。
　　　　　　　　　　　　▲
何时学舍终得静,安能心静把学研。
　　　　　　　　　　　　▲

（《中华通韵》十一安）

这位小作者真实地记录了数学课上同学们窃窃私语、不好好听讲,惹得老师勃然大怒的场景。这孩子是有多喜欢数学啊,才感慨"什么时候能让我安静地好好学习啊"？他的数学老师大约姓白吧？他是有多喜欢老师,才亲切地称老师为"白郎"啊？虽然"×郎"是古代女子对心上人的称呼,放在这里不太恰当,但这并不妨碍小作者抒发自己真挚的情感。多么可爱的学生，多么朴实的情感，读来甚至让人觉得连那些在课堂上吵吵闹闹的孩子都变得可爱起来了……这就是生活真实的感染力！

读《孔雀东南飞》有感

申乙宸（13岁）

新妇府吏共枕眠，黄泉做伴仍缠绵。
红衣凤冠和琴瑟，蒲苇磐石复长年。
青雀白鹄誓不负，松柏梧桐叶相连。
摧藏怅然应有恨，勿忘此情孟婆前。（下平 一先）

这位小姑娘在完成老师留的读后感作业时选择了诗歌的形式。《孔雀东南飞》，一首大家耳熟能详的乐府诗歌，这位小作者读过之后一下子就抓住了这个凄美的爱情故事的精髓——首联即交代了两位主人公生同衾、死同穴的一往情深；颔联化用原诗"**君当作磐石，妾当作蒲苇，蒲苇纫如丝，磐石无转移**"的誓言来表达夫妇二人的琴瑟和谐；颈联又化用原诗中"**青雀白鹄舫**""**东西植松柏，左右种梧桐。枝枝相覆盖，叶叶相交通**"的句子来表现二人情感的坚贞；尾联借原诗"**摧藏马悲哀**"的句子，想象二人相约不饮孟婆汤的场景，翻出今生遗恨来世不忘的新意来，不可谓不巧妙！对于一个13岁的孩子来讲，尤为难得。写读后感，是每个人中学时代都经历过的平常事。为古代故事中死生契阔的爱情而感动，也是几乎每个人年轻时都体会过的情感。将这些常事常情用诗歌的笔调记录下来,顿感平淡的生活变得活色生香起来。

运动会

林闽京原创　谭思成修改

深秋比试朔风滥,意气风发与客谈。
　　　　　　　　▲
首昂胸挺飘发散,汗流步跨劲敌缠。
　　　　　　　　▲
银枪锭道飞驰去,白衣红幅呐喊传。
　　　　　　　　▲
绩业未公无人晓,未得奖状亦坦然。
　　　　　　　　▲

(《中华通韵》十一安)

两位小作者都是 13 岁。虽然来自不同的班级,但对学校的秋季运动会却有着相似的感受。他们描绘了赛场上昂首飞奔的运动员汗流浃背、激烈竞争的场景,也再现了看台上的观众们打着横幅、呐喊加油的热闹场面。最后居然本着"重在参与"的豁达心境,大度地表示没有名次和奖状也没关系。读来令人不禁拊掌大笑,仿佛看到了学生时代的自己。

江山游记

李佳阳原创　刘向宇修改

年少意万千,愿为相门贤。
　　　　　▲
黄石傲青叶,碧池隐绯莲。
　　　　　▲

> 蓬蒿曳风起，骏马驰心翩。
> ▲
> 挽弓落归雁，放浪江湖间。
> ▲
>
> （《中华通韵》十一安）

现在的学生每到假期都会由学校组织去"游学"。一起出行的小作者们面对祖国的大好河山，不但感慨山石、绿叶、池塘、红莲之美，赞叹风吹草低、骏马奔驰的壮阔，更抒写了愿为国之栋梁的意气风发，以及有朝一日功业如挽弓射雁般手到擒来之后定然功成身退、驰骋于天地间的洒脱情怀。试问，谁不曾在十二三岁时有过这种豪情壮志？谁不曾在成为油腻的中年人之后为年少时的理想不再而黯然神伤？但这两个孩子却用手中的笔写下了这难忘的青春记忆。多年之后，回望曾经的辉煌梦想，该是多么美好的感觉啊！

二、选取经典意象入诗

当我们被生活中的一件事所触动，有了突如其来的感受想表达，怎样才能快速写出像上面那几首小诗一样的作品来呢？这就涉及选材、组材的问题了。首先，要确定自己对这件事的情感是什么，也就是确定全诗的情感基调。然后，列出这件事中的经典意象，即一提到这件事，人们头脑中就会出现的事物。例如，一提到秋天，如果是对应愉悦的情感，一般人们马上就会想到蓝天、白云、红叶、银杏、菊花、阳光明媚、丹桂飘香、登高望远等事物；如果是对应凄凉的情感，就会马上想到落叶、西风、霜露、草木黄、秋水凉、捣衣砧、做寒衣、秋雨绵绵、断鸿声声等事物。

相应地，我们只需要把这些事物按照"首联叙事，颔联写静景，颈联写动景，尾联抒情"或"前两联写景，后两联分别写人、抒情"或"前三联写景，尾联抒情"的顺序，放到相应的位置上，串联起来，即可迅速成诗。

—（名篇欣赏）—

秋兴八首·其一

（唐）杜甫

玉露凋伤枫树林，巫山巫峡气萧森。
江间波浪兼天涌，塞上风云接地阴。
丛菊两开他日泪，孤舟一系故园心。
寒衣处处催刀尺，白帝城高急暮砧。（下平十二侵）

《秋兴八首》是大历元年（公元766年）秋杜甫在夔州时所作的一组七言律诗，因秋而感发诗兴，故曰"秋兴"。杜甫自唐肃宗乾元二年（公元759年）弃官入蜀，至当时已历七载，国家战乱频仍，百姓生灵涂炭，诗人居无定所。当此秋风萧瑟之时，不免触景生情，于是写下这组诗。本诗是其中的第一首。首联和颔联写景，用霜露、凋零的树林、长江的波浪、秋风中阴沉的云等意象共同营造出萧瑟阴沉的氛围，奠定了全诗深沉悲慨的情感基调。颈联借菊花意象表明，花儿两度开放,眼看一年又过去了,引出心系故园的抒情句。尾联叙事,用白帝城中捣衣砧、催寒衣的秋日常见意象,间接抒发游子触景生情、更加思乡的悲情。从这首诗中我们可以清楚地看到,即便是诗圣杜甫,写秋亦不能免俗,将上述意象多半纳入诗中。只不过,在诗歌的结构上更灵活一些、抒情也更巧妙一些罢了。

钱塘湖春行

(唐)白居易

孤山寺北贾亭西,水面初平云脚低。
几处早莺争暖树,谁家新燕啄春泥。
乱花渐欲迷人眼,浅草才能没马蹄。
最爱湖东行不足,绿杨阴里白沙堤。　(上平 八齐)

这首诗的题目明确了作者是要写春天,而且是湖畔的春天。那么,我们在读诗之前,可以想一想,春天、湖畔的常见景物有哪些。涨满河道的春水、吐露嫩芽的树木、刚刚破土而出的小草、遍地杂乱盛开着的野花、黄莺、春燕……将这些春天特有的景物写入诗中,春景之美与作者的热爱之情也就跃然纸上了。

巴山道中除夜书怀

(唐)崔涂

迢递三巴路,羁危万里身。

乱山残雪夜,孤独异乡人。
渐与骨肉远,转于僮仆亲。
那堪正漂泊,明日岁华新。　　（上平 十一真）

这首感慨天涯羁旅、孤苦宦游的诗歌,将表现路途艰辛的"万里路""雪夜"的意象与表达寂寞、思亲的"孤独""异乡人""骨肉远"结合起来,漂泊之感不言自明。

饯别王十一南游

（唐）刘长卿

望君烟水阔,挥手泪沾巾。
飞鸟没何处,青山空向人。
长江一帆远,落日五湖春。
谁见汀洲上,相思愁白蘋。　　（上平 十一真）

送别诗往往以"水边、孤帆、汀洲"为经典意象,加之"远山、落日"等含有凄凉伤感之意的意象的映衬,友人尚未离去即已"泪沾巾"的依依惜别之情和对未来相思"白蘋洲"的想象,就是顺理成章的了。

— **习作示例** —

入秋

张珂凡（12岁）

绿树浓阴秋日藏，楼台倒影映池塘。
更深露重天渐凉，寒气逼人草木黄。
金风送爽拂纸窗，丹桂飘香熏衣裳。
赏菊登高祈长寿，人共菊花醉重阳。（下平 七阳）

这首诗题为《入秋》，内容自然是要写秋色的。作者以愉悦的心情描写"金风送爽""丹桂飘香"的秋日，自己以"登高赏菊"的方式欢度重阳节。虽然颔联的情感色彩略有偏离，但总体来讲是按"前三联写景，尾联抒情"的顺序把露重、天渐凉、草木黄、金风送爽、丹桂飘香、登高赏菊等意象连缀起来了，押韵也比较规范，基本可以算是一首律诗了。

秋

杨丹晨（12岁）

秋来意如何，草木浸烟波。
落叶扁舟棹，飞云旧屋歌。
杯邀新杜牧，韵和老东坡。
可有人吟赋？谁知雨渐多。（下平 五歌）

这首诗写的是相对凄凉一些的秋色。烟波、落叶、秋雨等意象渐次出场,并按照"前两联写景,后两联分别写人、抒情"的顺序成诗,且押韵规范。最难得的是,颈联分别用"新""老"来形容杜牧和苏轼,颇得小杜清新俊逸的浪子气质和东坡儒释道合流的老成豁达之神韵,可谓神来之笔。且以"杯邀""韵和"来表现诗人之间的诗酒唱答,很有鲜活的动态美。

由此可见,无论写什么,只要确定了情感,罗列出相应的常见意象,接下来按照"初学者学写律诗的最简单'公式'",往里一套,即可写出一首初具形制的律诗来了。

三、牛刀小试

—(练习一)—

昨天,京城下了2019年的第一场雪。大家兴奋至极,雪景照、玩雪照在朋友圈中瞬间刷屏。请以"雪"为话题,创作一首律诗。

要求:

(1)符合格律诗最简创作"公式",五言、七言均可。

(2)情感基调正面、积极、向上。

(3)选取古往今来写雪景最具代表性的事物或意象入诗。

― (分析) ―

	《山居秋暝》	内容	《雪》的写作思路
首联	时间、地点、事件	叙事	时间、地点、人物、事件
颔联	月、松、泉、石	静景	松枝银条、傲雪红梅、山川皆白、天地茫茫
颈联	竹喧、浣女、莲动、渔舟	动景	打雪仗、堆雪人、不上学、吃火锅
尾联	春芳歇、自可留	抒情	清爽、愉快

提到雪，人们头脑中一般会马上反应出这些形象：松枝银条、傲雪红梅、打雪仗、堆雪人、不用去上学了、在屋里吃火锅……

接下来，我们回顾小时候耳熟能详的诗词是怎样描绘雪景的，来启发、开阔自己的想象。

例如："千山鸟飞绝，万径人踪灭。孤舟蓑笠翁，独钓寒江雪。""望长城内外，惟余莽莽；大河上下，顿失滔滔。山舞银蛇，原驰蜡象，欲与天公试比高。"用这几句诗在头脑中勾勒出两幅山川皆白、天地茫茫的图景，并选取其中的经典景物写进自己的诗作中。当然也可以直接把这些诗句化用到自己的作品中。

接下来按照"首联叙事，颔联写静景，颈联写动景，尾联抒情"或"前两联写景，后两联分别写人、抒情"或"前三联写景，尾联抒情"的顺序，把这些典型事物放到相应的位置上，串联起来，即可迅速成诗。

注意，在选择韵脚字的韵部时，尽量选择"宽韵"，即韵脚字相对比较多的韵部。例如，上平声四支、下平声一先、下平声二萧、下平声七阳、下平声八庚等。这是在最初先想定、成句的那一联中决定的。所以，无论作诗时先想定的是哪一联，都要查一查韵脚字的数量，是否足够把另外三联想表达的意思表达清楚。当然也可以押《中华通韵》，这样就降低了押韵的难度。

—（习作示例）—

赏雪中奇景

王彬沣（13岁）

腊月初飘雪，峦丘孤影残。▲

冬梅霜瓣冷，古柏硬针寒。▲

茶气熏人暖，裘帽补衣单。▲

何事多惬意？旦暮坐亭观。▲　　（上平 十四寒）

己亥初雪

汪馨曈（13岁）

初冬薄暮天阴郁，一夜飞花天地胧。▲

古木参天叶尽白，寒梅傲骨一枝红。▲

手执洁玉掷何处，笑语欢声盈碧空。▲

忽忆火锅兴致涨，同学环聚乐融融。▲　　（上平 一东）

夜雪

林经羽（14岁）

潇湘霁月胧京华，碎玉琳琅入几家。
寒夜霜侵好梦榻，揽衣卧赏一枝花。
焚雪煮茶论风雅，声动琼枝惊宿鸦。
乘兴何由访戴氏，长歌饮醉尽余暇。　　（下平 六麻）

— (练习二) —

请以"祖国七十华诞"为话题，创作一首律诗。要求：

（1）符合格律诗最简创作"公式"，五言、七言均可。

（2）情感基调正面、积极、向上。

（3）选取每年国庆时最具代表性的事物或意象入诗。

— (分析) —

提到国庆，人们头脑中一般会马上反应出这些形象：阅兵方阵、游行队伍、飞机坦克、花坛、和平鸽、礼炮、焰火……

接下来按照"首联叙事，颔联写静景，颈联写动景，尾联抒情"或"前两联写景，后两联分别写人、抒情"或"前三联写景，尾联抒情"的顺序，把这些典型事物放到相应的位置上，串联起来，即可迅速成诗。

—(习作示例)—
看阅兵和游行

王玘珩(13岁)

十万貔貅十万兵,忆昔峥嵘岁月稠。
▲
金戈英姿威难比,铁甲雄风猛无俦。
▲
青年鸿志运初展,书生意气斥方道。
▲
此生无悔入华夏,来世还愿生神州。(下平十一尤)
▲

共产党万岁

林秋实(14岁)

执子安天下,浩荡七十年。
▲
百花经秋傲,丹墀庆盛筵。
▲
银鹰护国祚,铁马荐轩辕。
▲
且看和平鸟,凌飞极乐间。
▲

(《中华通韵》十一安)

祖国七十华诞

王林沣(13岁)

举国欢庆人潮涌,百万雄师展威风。
▲
旌旗招展迎宾客,歌声飞扬震苍穹。
▲
千鸽竞起恩德报,万艳流香满堂充。
▲
少小勤奋多努力,赤诚为国建奇功。 (上平一东)
▲

观国庆阅兵有感

汪馨瞳(13岁)

千难万险度七旬,沧海桑田风貌新。
三军仪仗英姿展,十里长街花车巡。
白鸽展翅送捷报,焰火齐放指迷津。
繁荣富强无能敌,笑傲我乃华夏人。(上平 十一真)

第三节 如何写出规范的律诗：声律的规范

前两节我们尝试着写出了一些貌似律诗的作品，其实那只能算是打油诗而已，因为写作时没有将声律的规范纳入考量范围。律诗之所以读来朗朗上口，主要是因为对每个句子、每个字应该用平声字还是仄声字，做了极严格的规定。因而，律诗虽然比绝句长，内容比绝句丰富，但却和绝句一起成为了小孩子学习古典文化的启蒙读物，主要是因为声律的节奏感符合儿童的记忆规律，非常容易记住。

一、律诗创作真正的难点——平仄

1. 何谓平仄

平仄就是声调。

古代汉语的声调分为平（周）、上（肘）、去（宙）、入（粥，读作 zhòu），现代汉语四声为阴平（沙）、阳平（啥）、上声（傻）、去声（煞）。古代的"平"，就是平声，"仄"，就是上、去、入三个声调。现代的"平"，就是阴平和阳平，"仄"就是上声和去声。古代的入声在现代汉语中已经不存在了，分散到现代的四声中去了，但在一些地方方言中还存在入声，所以写格律诗用旧韵时一定要考虑入声字。这可以通过查阅《附录》中的《诗韵常用字》来解决。汉语虽有四声，但在近体诗中，并不需要像词、曲那样分辨四声，只要粗分成平仄两声即可。

诗歌要造成声调上的抑扬顿挫，就要交替使用平声和仄声，才不单调。说律诗讲究平仄，是指在一句诗中规定了每个字的平仄。即：每句诗都是"律句"。

2. 何谓律句

律句，顾名思义，就是平仄有一定规律的句子。

汉语基本上是以两个音节为一个节奏单位的，重音大部分落在后面的音节上。通常，律诗的句子以两字或三字为一组，平仄声相间隔，如："平平仄仄平""平平仄仄仄平平"。以两个音节为单位让平仄交错，就构成了近体诗的基本句型，称为律句。对于五言诗来说，它的基本句型是：

平平仄仄平（平起平收）

例：孤蓬万里征

仄仄平平仄（仄起仄收）

例：绿树村边合（合，属入声，十五合）

对于"仄仄平平仄"这种句型，中国语言学家、诗人王力先生指出，第二字与第五字虽都属仄声，但应力求声调不同。例如，第二字若是上声，第五字最好改用去声或入声。

这两种句型，首尾的平仄相同，即所谓平起平收，仄起仄收。所谓"平起"和"仄起"，判定的标准是第二个字，而不是第一个字。因为很多变体中第一个字的平仄变化较多，而第二个字基本是固定的。我们若要制造点变化，改成首尾平仄不同，可把最后一字移到前面去，变成了：

平平平仄仄（平起仄收）

例：星垂平野阔

仄仄仄平平（仄起平收）

例：恨别鸟惊心（"别"，属入声，九屑）

七言律句只是在五言的前面再加一个节奏单位，它的基本句型就是：

仄仄平平仄仄平

例：骨肉流离道路中

平平仄仄平平仄

例：春蚕到死丝方尽

仄仄平平平仄仄

例：剑外忽传收蓟北

平平仄仄仄平平

例：群山万壑赴荆门

这些句型都有一个规律，就是逢双必反：第四字的平仄和第二字相反，第六字又与第四字相反，如此反复就形成了节奏感。但是逢单却可反可不反，这是因为重音落在双数音节上，单数音节就相比而言显得不那么重要了。

我们写诗的时候，很难做到每一句都完全符合基本句型，写绝句时也许还办得到，写八句乃至更长的律诗则几乎不可能了。如何变通呢？那就要牺牲掉不太重要的单数字，而保住比较重要的双数字和最重要的最后一字。因此就有了"一三五不论，二四六分明"之说，即：七言律句的第一、三、五字的平仄可以灵活处理，而第二、四、六以及最后一字的平仄则必须严格遵守。这个口诀并不是绝对的，在一些情况下一、三、五必须论，在特定的句型中二、四、六也未必分明。

同时，通过"粘对"的组合，构成一首在声律上抑扬顿挫的律诗。

3. 何谓粘对

所谓"对"是指，每联的出句和对句相应位置的字的平仄类型相反。如"平平仄仄平平仄，仄仄平平仄仄平"（例："春蚕到死丝方尽，蜡炬成灰泪始干"）。所谓"粘"是指，上联的对句和下联的出句平仄类型相同。如"平平平仄仄，仄仄仄平平。仄仄平平仄，平平仄仄平"（例："残云归太华，疏雨过中条。树色随山迥，河声入海遥"）。由于第三句是第二联的出句，根据对仗规则，出句末字必须是仄声，所以"粘"句与上一句并不完全一致。在五律和七律中，一三五七都是出句，二四六八都是对句；二四六八是对句，那么三五七就是粘句。所以根据粘对的规律，格律诗在一般正常情况下可以分成四种类型，即仄起平收式、平起平收式、平起仄收式、仄起仄收式。"起"指首句第二个字，"收"指首句最后一个字。

4. 何谓拗救

每个句子的平仄又有一定的弹性。古人作诗讲究"一三五不论，二四六分明"，即以七律为例，每句的一三五字的平仄可以灵活一些，而二四六字的平仄一定要严格按照规则来。如果二四六字的平仄不对，即为"拗"，下一句的相应位置要随之改变平仄，即为"救"。

二、律诗常见格律形式

根据上述平仄规则，古人组合出了五言律诗和七言律诗最理想的平仄表达组合。由于写景抒情的需要，绝大多数律诗是不太容易写得如此规范的。所以，如果一首诗能够做到这种最规范的平仄组合，即可得到"工稳""顿挫"等极高的赞誉。

五言律诗

1. 平起首句不入韵式

（平）[1] 平平仄仄，（仄）仄仄平平。
　　　　　　　　　▲
（仄）仄平平仄，平平仄仄平。
　　　　　　　▲
（平）平平仄仄，（仄）仄仄平平。
　　　　　　　　　▲
（仄）仄平平仄，平平仄仄平。
　　　　　　　▲

---

[1] 括号中的字应为平声，也可用仄声字替代。下同。

例： **送友人**

(唐)李白

青山横北郭，白水绕孤城。

此地一为别，孤蓬万里征。

浮云游子意，落日故人情。

挥手自兹去，萧萧班马鸣。

2. 平起首句入韵式

（平）平仄仄平，（仄）仄仄平平。
▲　　　　　　▲
（仄）仄平平仄，平平仄仄平。
　　　　　　　▲
（平）平平仄仄，（仄）仄仄平平。
　　　　　　　▲
（仄）仄平平仄，平平仄仄平。
　　　　　　　▲

例： **晚晴**

(唐)李商隐

深居俯夹城，春去夏犹清。

天意怜幽草，人间重晚晴。

并添高阁回，微注小窗明。

越鸟巢干后，归飞体更轻。

3. 仄起首句不入韵式

（仄）仄平平仄，平平仄仄平。
　　　　　　　▲
（平）平平仄仄，（仄）仄仄平平。
　　　　　　　▲

（仄）仄平平仄，平平仄仄平。
▲
（平）平平仄仄，（仄）仄仄平平。
▲

例：　　　　　　　春望

（唐）杜甫

国破山河在，城春草木深。

感时花溅泪，恨别鸟惊心。

烽火连三月，家书抵万金。

白头搔更短，浑欲不胜簪。

4. 仄起首句入韵式

（仄）仄仄平平，平平仄仄平。
▲　　　　　　▲
（平）平平仄仄，（仄）仄仄平平。
▲
（仄）仄平平仄，平平仄仄平。
▲
（平）平平仄仄，（仄）仄仄平平。
▲

例：　　　　　　**终南山**

（唐）王维

太乙近天都，连山接海隅。

白云回望合，青霭入看无。

分野中峰变，阴晴众壑殊。

欲投人处宿，隔水问樵夫。

七言律诗

1. 平起首句不入韵式

（平）平（仄）仄平平仄，（仄）仄平平仄仄平。▲
（仄）仄（平）平平仄仄，（平）平（仄）仄仄平平。▲
（平）平（仄）仄平平仄，（仄）仄平平仄仄平。▲
（仄）仄（平）平平仄仄，（平）平（仄）仄仄平平。▲

例：　　　　　　　客至

（唐）杜甫

舍南舍北皆春水，但见群鸥日日来。

花径不曾缘客扫，蓬门今始为君开。

盘飧市远无兼味，樽酒家贫只旧醅。

肯与邻翁相对饮，隔篱呼取尽余杯。

2. 平起首句入韵式

（平）平（仄）仄仄平平，（仄）仄平平仄仄平。▲　　　　▲
（仄）仄（平）平平仄仄，（平）平（仄）仄仄平平。▲
（平）平（仄）仄平平仄，（仄）仄平平仄仄平。▲
（仄）仄（平）平平仄仄，（平）平（仄）仄仄平平。▲

例：　　　　左迁蓝关示侄孙湘

（唐）韩愈

一封朝奏九重天，夕贬潮州路八千。

欲为圣明除弊事，肯将衰朽惜残年。

云横秦岭家何在?雪拥蓝关马不前。

知汝远来应有意,好收吾骨瘴江边。

3. 仄起首句不入韵式

(仄)仄平平平仄仄,(平)平(仄)仄仄平平。
▲
(平)平(仄)仄平平仄,(仄)仄平平仄仄平。
▲
(仄)仄(平)平平仄仄,(平)平(仄)仄仄平平。
▲
(平)平(仄)仄平平仄,(仄)仄平平仄仄平。
▲

例:　　　　　　咏怀古迹

(唐)杜甫

诸葛大名垂宇宙,宗臣遗像肃清高。

三分割据纡筹策,万古云霄一羽毛。

伯仲之间见伊吕,指挥若定失萧曹。

运移汉祚终难复,志决身歼军务劳。

4. 仄起首句入韵式

(仄)仄平平仄仄平,(平)平(仄)仄仄平平。
▲　　　　　　　　　▲
(平)平(仄)仄平平仄,(仄)仄平平仄仄平。
▲
(仄)仄(平)平平仄仄,(平)平(仄)仄仄平平。
▲
(平)平(仄)仄平平仄,(仄)仄平平仄仄平。
▲

例： 登高

（唐）杜甫

风急天高猿啸哀,渚清沙白鸟飞回。

无边落木萧萧下,不尽长江滚滚来。

万里悲秋常作客,百年多病独登台。

艰难苦恨繁霜鬓,潦倒新停浊酒杯。

# 律诗创作的常见问题与修改

在第一节和第二节中,我们以"最简公式"的方式写出了形似律诗的诗歌。但对照第三节的平仄规律就会发现,我们的诗都还不够规范。写出形似的诗歌来,只是走向格律诗创作的第一步。如何把不太规范的律诗改得工稳、漂亮,把表情达意略显幼稚、粗糙的作品改得优雅、流畅,才是诗歌创作水平真正得到提升的过程。

通常,我们写的诗歌习作,会在意象的选择、押韵、对仗、平仄等方面出现不同程度的问题。因此,我们在写好一首诗之后,要对照律诗的基本规则,反复修改。

一、诗歌的意象选择与全诗的情感基调不符

这是初学者最容易遇到的问题。作诗时,内心有许多想法要表达,因而选择了很多景物或意象写进诗里。但这些意象之间没有很好的关联性,让人读起来有种"一块一块堆砌起来"的感觉,气韵不够贯通,甚至都不能做到最起码的流畅。又或者,诗中多数意象的选择和表达是恰当、流畅的,只有个别的意象和诗句与全诗的情感基调不

符。我们要根据不同的情况，做出具体的修改。

—（习作示例）—

夜闻啼鸦有感

田济慈（12岁）

幽幽小路闻鸦啼，袅袅悠然似竹笛。

老树昏鸦三两只，雾薄胧月凛寒袭。

寻声而觅不见影，四面荆棘无可依。

天地曾不以一瞬，再逢乌啼又几时？

这位初试锋芒的小诗人显然对鸱鸮（猫头鹰）和乌鸦不是很熟悉。把乌鸦"呱呱"的啼叫声用"袅袅悠然似竹笛"这么优美的词句来形容显然不太合适。加之颔联和颈联对仗的问题，一并修改如下。

夜闻啼鸦有感

（修改后）

幽幽小路寒霜冷，四面荆棘无可依。

老树昏鸦三两处，雾薄浓云五更袭。

寻声而觅不见影，伴月来归可称奇。

天地曾不以一瞬，几时能再逢乌啼？

虽然这样修改后，也还是比较粗浅的习作水平，称不上作品，但至少诗中选用的幽深小路、寒霜荆棘、老树昏鸦、薄雾浓云与作者感慨"天地曾不能以一瞬"的伤感，从情感基调上一致了。

二、各联的韵脚字不完全在同一个韵部

押韵，是诗歌区别于散文的基本特征。可以说，没有韵脚就没有诗歌。但由于不同的韵部中汉字的数量不同，有的韵部可选择的韵脚字本身就非常少。例如：上平声十五删，只有 25 个韵脚字。如果选了这样的韵部，的确很难保证在这样小的可选范围内，把叙事、静景、动景、抒情等跨度这么大的内容全都恰到好处地表现出来。

于是为了准确、流畅地表达内容和情感，我们往往不得已放弃某一两联的韵脚。这时，把刚写出来的诗稿搁置几天再拿出来修改，换一个思路，把整句或整联作一个比较大的调整来带动韵脚字的选取，就会比刚写出来时当场修改容易一些。

—（习作示例）—

初秋登西山问隐

刘知行（13 岁）

熙攘竹篁里，红叶意未深。
　　　　　　　　　▲
云低风细细，山高水潺潺。
　　　　　　　　　▲

阶高青石冷,墙圮丹色稀。
▲
只道胜景外,天地亦安然。
▲

初秋登西山问隐

(修改后)

熙攘竹篁里,红叶待撷攀。
▲
云低风细细,山高水潺潺。
▲
阶高青石冷,墙圮丹色斑。
▲
只道尘俗外,天地亦安闲。　　(上平声 十五删)
▲

—(习作示例)—

秋游

郭之乔(12岁)

兴起闲游南海子,碧水晴空一色同。
▲
沉鳞白鹅戏清水,骏马麋鹿满平冈。
▲
草繁花疏闻蝉鸣,山青树荣见鸥翔。
▲
向晚离去犹未尽,余晖伴我归云庄。
▲

秋游

(修改后)

兴起闲游南海子,碧水晴空一色同(当/狂)。
▲　▲
沉鳞白鹅戏清水,骏马麋鹿满平冈。

草繁花疏闻蝉鸣,山青树荣见鸥翔。
▲
向晚离去(意趣)犹未尽,余晖伴我归云庄。 (下平声 七阳)
▲

三、颔联或颈联对仗不够工稳

尽管经过了第一章专门的对联训练,我们在单独对对联时已经基本可以做到规范、工稳了。但是,当在律诗中用到对联时,仍然不易做到规范。这是因为律诗有上下文的内容限制,和全诗一韵到底的韵脚限制,这使得颔联和颈联的拟写比一般对联复杂了许多。即便不考虑跟首联、尾联的平仄粘对问题,仅仅关注整首诗内容、情感上的一致性,也是不太容易做到既内容流畅,又对仗工稳的。这就需要反复地推敲、修改。

—(习作示例)—

秋日

徐艺阁(12岁)

晓霞初洒光四溢,万里长空久望痴。

阵阵凉风送秋至,群群大雁未缺失。

一夜刮落遍地柿,深山松鼠集冬食。

又到年年丰收日,桂花香飘满城池。

这首诗的作者是一名12岁的女孩儿。这首诗基本符合了前面讲过的"律诗最简公式"的要求——四联八句,每句七字。每联末字押韵。首联叙述自己秋日清晨看霞光四溢的痴迷,颔联写秋风秋雁的静景,颈联写柿子落地、松鼠采食的动景,尾联抒发对秋日丰收、桂花飘香的喜爱之情。只是对仗有点问题:颈联的出句和对句的句式结构不一致。"一夜刮落"是状中关系的短语,"深山松鼠"是定中关系的短语;"遍地柿"是状中关系的短语,"集冬食"是动宾关系的短语。此外,这首诗各联的表达风格也不太一致。首联比较书面化,很有诗情画意。颔联对句的"未缺失"就显得过于直白了,与首联、颔联的出句都不太搭调。颈联的表达也比较口语化。而尾联,尤其是对句,又回到了相对比较有文采的表达方式上。这也是一个需要修改的问题。

首先修改对仗问题——颈联改为"丹柿遍地无人采,松鼠深山集冬食",就基本符合句式结构的对仗要求了。但还不够工稳,也欠缺文采,可以进一步修改为"丹柿遍地待撷采,松鼠深山觅冬食"。颔联修改为"习习凉风送秋至,行行雁阵寄相思",表达不一致的问题也就基本解决了。修改完成后的成品虽然仍显浅近直白,但至少读起来有一点点古典诗歌的味道了。

秋日

(修改后)

晓霞初洒光四溢,万里长空久望痴。

习习凉风送秋至,行行雁阵寄相思。

丹柿遍地待撷采,松鼠深山觅冬食。

又到年年丰收日,桂花香飘满城池。

― (习作示例) ―

乡韵

张珂凡(11岁)

大漠蜿蜒去,孤鹰振翅翔。

骏马驰骋起,尺草尽飞扬。

层林染秋霜,恰似如画廊。

黍田任摇曳,银月映故乡。

这首五律的作者是一名11岁的女孩儿。难得的是,作者虽是个小姑娘,诗中却洋溢着豪迈的阳刚之气。从技法上讲,尾联的抒情方式是寓情于景、情景交融的,这是一种比较难驾驭的手法,在古代诗人中都属于比较上乘的表达了。再来按照最简公式检查一下:四联八句,每句五字;每联末字押韵;结构上前三联写景,尾联抒情,这三条都符合。只有对仗这一项有问题,颔联的出句是2-3结构的主谓关系短语,对句是2-1-2结构的主谓短句中间加了一个状语"尽";颈联的出句是2-1-2结构、主谓宾俱全的句子,而对句是一个3-2结构的动宾短语。此外,这首诗在内容上还有个逻辑错误,即首联的"蜿蜒"二字只能形容小径,而"大漠"是空旷辽阔的,不可能"蜿蜒"。

先将这两处问题修改一下：颔联出句改为"骏马任驰骋"，才与对句的"尺草尽飞扬"结构一样；颈联改为"层林染秋霜，长河似画廊"，就基本对仗了。首联出句改为"大漠接天去"，才比较符合生活常识。至此，从技术层面上讲，这首诗已经符合五律的基本要求了，甚至连首联都是对仗的。此外，还有几个词不符合古人的表达习惯，需要稍加修改——"尺草"宜改为"蓬草"，"银月"宜改为"明月"。最后，"染秋霜"这个短语虽然符合古人的表达习惯，但"霜"字暗示了白色，有萧瑟之感，与对句"长河似画廊"优美的情感色彩不符。所以此处宜改为"染秋韵"。修改完成后的诗作还是颇有气韵生动之感的——

乡韵

（修改后）

大漠接天去，孤鹰振翅翔。

骏马任驰骋，蓬草尽飞扬。

层林染秋韵，长河似画廊。

黍田任摇曳，明月映故乡。

四、诗歌的平仄不符合律诗的基本规范

到了讲究平仄这个层面，才算真正学会了创作律诗。律诗之所以令许多初学者望而生畏，也是因为这繁复、严格的平仄规则。其实

古人作律诗，也并不是每一首诗都能字字合辙押韵，恰到好处地符合最理想的四种平仄范式中的某一种的。否则就没必要有"拗救"之说了。由于古今字音的变迁，今人作诗就更容易遇到平仄的障碍。当我们就一件事、一种情感选择了恰当的意象，一气呵成写了一首律诗时，往往很难在平仄上也刚好符合规范。这就需要反复修改。值得注意的是，无论怎样修改，保持作品的原有风貌，绝不可因文害义，是必须坚守的底线。

—（习作示例）—

入秋

张珂凡（12岁）

（仄）仄平平仄仄平，（平）平（仄）仄仄平平。
　　绿树浓阴夏日长，楼台倒影映池塘。
　　　　▲　　　　　　　　　▲
（平）平（仄）仄平平仄，（仄）仄平平仄仄平。
　　更深露重天渐凉，寒气逼人草木黄。
　　　　　　　　　　　　　▲
（仄）仄（平）平平仄仄，（平）平（仄）仄仄平平。
　　金风送爽拂纸窗，丹桂飘香熏衣裳。
　　　　　　　　　　　　　▲
（平）平（仄）仄平平仄，（仄）仄平平仄仄平。
　　赏菊登高祈长寿，人共菊花醉重阳。　　（下平 七阳）
　　　　　　　　　　　　　▲

这位小作者经过了一年的学习和沉淀，长大了一岁之后写出的律诗的确比上一年的作品成熟了许多。押韵规范，颈联对仗工稳之余,还生动优美。颔联的对仗虽然欠工稳(出句的前四字是并列短语,对句的前四字是主谓短语),但整首诗已经有意识地关注了平仄问题,而且首联和颔联的平仄基本规范,只有两个字需要修改。这对于一个12岁的孩子来讲,已经做得很好了。平仄问题比较集中在颈联,主要是没有跟上一联"粘"上。颈联的出句应该是"(仄)仄(平)平平仄仄",但"金风送爽"恰恰是"平平仄仄";对句应该是"(平)平(仄)仄仄平平",而"丹桂飘香"恰恰是"(仄)仄平平"。这个很简单,只需要调换位置即可。此外,"拂纸窗""熏"和尾联"登高"二字的平仄也不合规范,需要大改。

入秋

张珂凡(修改后)

(仄)仄平平仄仄平,(平)平(仄)仄仄平平。

暮霭含山落日长,楼台倒影映池塘。
▲　　　　　▲

(平)平(仄)仄平平仄,(仄)仄平平仄仄平。

更深露重席衾冷,月走云追草木黄。

(仄)仄(平)平平仄仄,(平)平(仄)仄仄平平。

送爽金风拂窗纸,飘香丹桂落衣裳。

(平)平(仄)仄平平仄,(仄)仄平平仄仄平。

登高望远祈长寿,人共菊花醉重阳。　　(下平 七阳)
　　　▲

首句的修改与平仄无关,主要是内容上的不符。本诗题目叫《入秋》，全诗也都在写重阳秋景，但第一句写的却是夏景，而且明确指出了"夏日长"。改成"暮霭含山落日长"之后，一个"含"字，生动地勾勒出远山被暮色中的雾霭遮蔽，山顶、山腰时隐时现，仿佛被雾气含在口里的画面。既点明了对句的"楼台倒影"从何而来，又为颔联写夜景做好了铺垫。

颔联出句和对句的结构不符。出句的"更深露重"点明了时间和情感色彩，宜保留。那么将对句改为"月走云追"的主谓短语，就在内容上和结构上都与出句相符了。而"天渐凉"是 1-2 结构的主谓短语，"草木黄"是 2-1 结构的主谓短语，二者也不对仗。相比之下，"草木黄"符合"仄仄平"的平仄规范，而"天渐凉"不符合"平平仄"的平仄规范，所以我们选择改"天渐凉"。改为"席衾冷"之后，内容上很是自然流畅："更深露重"当然会感觉被褥冷；同时也符合了"平平仄"的平仄规范。

颈联出句的"拂纸窗"为何要改为"拂窗纸"呢？表面看，"窗"是平声字，不符合第六字为仄声的要求，但由于"拂"字是入声字，根据拗救的规则，五、六两字的平仄调换位置，本身就是拗和救的关系。颈联对句中的第五字应为仄声，所以改成"落衣裳"，既保持了原作者用"熏"字表现动态美的初衷，又符合了平仄要求。

尾联出句的"赏菊登高"和对句的"人共菊花"重复使用了"菊"字，这是必须要改的。相比较而言，"人共菊花醉重阳"中"共""醉"二字所表现出的情态美要比出句精妙得多。所以，将出句改为平易朴实的"登高望远祈长寿"，既符合平仄要求，又在内容上自然流畅、浑然天成。

五、真正的诗歌修改是综合的

上面讲了律诗创作中常见的四种问题及修改方法。但一般情况下，我们创作律诗的第一稿，会在意象的选择、押韵、对仗、平仄等几方面同时出现问题。如果是初学者，我们只要求意象选择合理、文脉流畅、押韵正确、中间两联基本对仗即可。如果是有一定基础，又经过一段时间写作实践的作者，则应该尽量尝试平仄的规范。因此，在写好一首诗的初稿之后，要按照律诗的基本规则将上述几个方面逐一对照检查，修改时也要综合考虑。

— （ 习作示例 ）—

赠宁王府安二公子

汪馨瞳（13岁）

（仄）仄平平仄仄平，（平）平（仄）仄仄平平。

姹紫嫣红四月中，旭日东升草木荣。

（平）平（仄）仄平平仄，（仄）仄平平仄仄平。

亭亭桃花水畔憩，涓涓细流鳞浪炯。

（仄）仄（平）平平仄仄，（平）平（仄）仄仄平平。

执手徜徉花海岸，双目凝悌意相通。

（平）平（仄）仄平平仄，（仄）仄平平仄仄平。

不觉落日已西斜，何时莲花并蒂红。

这首诗出自几个小姑娘合写的一本穿越小说，是一位主人公白慕雪写给另一位主人公宁王府安二公子的情诗。这首诗的创意非常好，作者将对爱情的描写放在春天的大背景下，选取旭日、桃花、泉水、花海等代表欣欣向荣的生命力的意象来表现爱情让人心情愉悦的主题。最后用并蒂莲这个象征有情人终成眷属的意象来抒情。从内容上来讲，诗歌的情韵自然天成。

但从形式上来讲，这首诗还有很多需要推敲的地方。抛开诗的平仄不谈，单就押韵而言，就不符合律诗"一韵到底"的规范。韵脚字"中""通""红"，属于上平声一东韵部；"荣"属于下平声八庚韵部；"炯"属于上声二十四迥韵部。即便放宽到只以现代汉语的韵母押韵，"炯"字也不符合律诗"押平声韵"的要求。颔联和颈联的对仗也不工稳。按照七律仄起首句入韵式的理想范式对照一下，画波浪线的词语平仄也不对。

于是，她的两位同学自告奋勇为此诗作了修改，改得都很不错。

◆ 毕晴羽修改：

（仄）仄平平仄仄平，（平）平（仄）仄仄平平。

姹紫嫣红四月中，旭日东升草木葱。

（平）平（仄）仄平平仄，（仄）仄平平仄仄平。

亭亭桃花水畔憩，涓涓细流山麓笼。

（仄）仄（平）平平仄仄，（平）平（仄）仄仄平平。

执手徜徉花海岸，凝目留恋芳菲梦。
▲
（平）平（仄）仄平平仄，（仄）仄平平仄仄平。

不觉落日已西斜，何时莲花并蒂红。
▲

这个孩子修改后的韵脚字"中""葱""笼""红"，属于上平声的一东韵部；"梦"属于去声的一送韵部。虽然有进步，但仍然没达到律诗的押韵要求。

颈联显然比原作对仗工稳了：颈联的出句"执手徜徉花海岸"是2-2-3结构："执手"是状语，"徜徉"是谓语动词，"花海岸"可以理解为与"徜徉"组成了动补关系的短语。而原诗对句的"双目凝睇"和"意相通"是并列关系的短语，上下联不太对仗。修改后的对句"凝目留恋芳菲梦"，也是2-2-3结构："凝目"是状语，"留恋"是谓语动词，"芳菲梦"是宾语，"留恋"和"芳菲梦"是动宾关系的短语。与出句算是构成了宽对。

但修改的小作者显然对平仄关注得不够，画波浪线的词语平仄仍然不对。

◆任芳苡修改：

（仄）仄平平仄仄平，（平）平（仄）仄仄平平。

姹紫嫣红春意浓，旭日东升草木荣。
▲　　　　　▲
（平）平（仄）仄仄平仄，（仄）仄平平仄仄平。

亭亭桃花水畔憩，涓涓细流涧底行。
　　　　　　　　　　　　　　▲
（仄）仄（平）平平仄仄，（平）平（仄）仄仄平平。
执手徜徉花海岸，凝眸遥望四月情。
　　　　　　　　　　　　　▲
（平）平（仄）仄平平仄，（仄）仄平平仄仄平。
不觉落日已西斜，何时莲花并蒂红。
　　　　　　　　　　　　　▲

　　另一位小姑娘的修改使得诗歌的内容流畅了许多。原诗中"亭亭桃花水畔憩，涓涓细流鳞浪炯"一句，原作者想形容泉水在阳光下明亮的样子，但"炯"字只适合形容眼睛的明亮，所以这句是显得特别晦涩牵强。这位修改的小作者把它改成了"涓涓细流涧底行"就比较符合生活实际，读来不觉生涩了。

　　颈联的对句改为"凝眸遥望四月情"，与出句同为2-2-3结构："凝眸"是状语，"遥望"是谓语动词，"四月情"是宾语，"遥望"和"四月情"是动宾关系的短语，这样就工稳多了。但这就用了首联的"四月情"一词，于是，小作者又将首联出句的后三个字改为"春意浓"，这样一来，"姹紫嫣红春意浓"一句的语意也流畅贯通了许多。

　　但遗憾的是，这就牺牲了押韵："浓"属于上平声的二冬韵部，"行""情"属于下平声的八庚韵部，"红"属于上平声的一东韵部。即便放宽到以现代汉语的韵母押韵的层面上，这几个韵脚字仍然分属"ong"和"ing"两个不同的韵母，也就是分属《中华通韵》的"十五雍"和"十四英"两个不同的韵部。

此外,画波浪线的词语平仄仍然不对。

◆ 教师修改:

赠宁王府安二公子

(仄)仄平平仄仄平,(平)平(仄)仄仄平平。

姹紫嫣红醉意浓,东升旭日掩苍葱。
　▲

(平)平(仄)仄仄平仄,(仄)仄平平仄仄平。

桃花朵朵谷中憩,细水涓涓涧底融。
　　　　　　　　　　　　　▲

(仄)仄(平)平平仄仄,(平)平(仄)仄仄平平。

执手徜徉花似海,凝眸遥望意随风。
　　　　　　　　　　　　　▲

(平)平(仄)仄平平仄,(仄)仄平平仄仄平。

不堪落日畤西坠,犹待莲花并蒂红。　　(上平 一东)
　　　　　　　　　　　　　▲

首先看修改后的押韵情况:"葱""融""风""红"都属于上平声的一东韵部。"浓"虽属上平声的二冬韵部,但由于是首句,所以借邻韵通押也是可以的。

然后看对仗:颔联出句、对句均为2-2-3结构,语意为"朵朵桃花在山谷中小憩,涓涓细流在山涧底融化",主谓宾关系也一致。颈联出句的"执手徜徉"和对句的"凝眸遥望"同为状语和中心词关系的短语,而"花似海"和"意随风"同为主谓关系的短语。从含义上来讲,指两位主人公携手徜徉于花海之中,两人凝眸对望时情意随风而传,也基本符合原作者想表达的含义。

再看平仄:"东升"与"旭日"、"桃花"与"朵朵"、"细流"与"涓涓",三组词的位置对换,以及"何时"换为"犹待",全都是出于平仄的考虑。尾联"不觉落日已西斜"的"觉"字在古汉语中为仄声,与"已"和"斜"都不符合平仄要求,所以就改成了"不堪落日畴西坠"。这样,全诗的平仄就基本规范了。

最后看修改后的文脉是否贯通:首联勉强算是叙事,笼统介绍了时间是春天的清晨,景色的基本概况是姹紫嫣红、一片葱茏。颔联写静景:朵朵桃花在山谷中小憩,涓涓细流在山涧底融化。其中,"憩"字意味着将桃花拟人化了,"融"字多少有一点动态的意味,使得这一联在平易朴实的描写中翻出了新意,富于动态美。颈联不但写动景而且是写人:两位相爱的主人公终于当面互诉衷肠,携手徜徉于花海之中了,凝眸对望的一刻,连空气中都流荡着爱意。这个描写很有画面感,让读者仿佛身临其境,看到两个丰神俊逸的年轻人在春风中衣袂飘飘、巧笑嫣然。尾联用寓情于景、情景交融的手法抒情:约会中的时间总是过得太快,不知不觉中,时间已经从旭日东升的清晨到了红日西坠的傍晚,"不堪"二字道出了主人公们不愿承认相会时间已所剩无多的心情。"犹待"二字不正面言说二人的依依惜别,却只道他们尚且期待着像并蒂莲一样开在一起,时时刻刻相依相守。将一对有情人对未来的期许融入景物描写之中,含蓄隽永,言有尽而意无穷。

六、牛刀小试

看了上面几首诗的修改过程,我们来思考一下,如何把下面这首诗修改成一首合格的七律呢?这首诗的作者是一名11岁的男孩儿,他的笔触有没有值得肯定之处呢?

—（ 习作示例 ）—

秋游凤凰岭

方梓源（11岁）

摩崖石刻凤凰岭,一片寒山一片秋。

遥看天梯锁石上,曲折小径静通幽。

近闻松涛波澜起,叶落秋风随水流。

千岩万转终登顶,不览众山不罢休。

—（ 修改参考答案 ）—

秋游凤凰岭

（修改后）

（平）平（仄）仄平平仄,（仄）仄平平仄仄平

摩崖石刻凤凰岭,一片寒山一片秋。
▲

（仄）仄（平）平平仄仄,（平）平（仄）仄仄平平

遥望天梯拔五岳,近攀小径躲清幽。
▲

（平）平（仄）仄平平仄，（仄）仄平平仄仄平。

松涛日暮兼天涌，叶落秋风纵水流。
▲

（仄）仄（平）平平仄仄，（平）平（仄）仄仄平平。

万转千回凌绝顶，众山不览怎甘休？（下平 十一尤）
▲

参考评价：

这首诗质朴本真，"摩崖石刻凤凰岭""千岩万转终登顶，不览众山不罢休"都是明白如话的简单句子。但在简单之中又有近乎白描的高妙表达："一片寒山一片秋"，用两个"一片"的重复，营造出秋色连山、绵延不断的画面感。

原诗中用"遥看""近闻"两个词，分别在颔联和颈联中营造了远景、近景两个画面，说明小作者很有景物描写的顺序意识。所以修改时特意保留了"遥望""近攀"两个词，虽然都压缩进了颔联，但仍然是有景深的层次感的。原诗的小作者用"锁"字写活了静态的石阶，修改时就应该保留这个炼字的技巧，用"拔"和"躲"写出天梯之高的动态，和循着小路拾级而上实为躲开行人、寻一处清幽之所的意境。

颈联出句的"松涛日暮"与对句"叶落秋风"同为状语后置，意为：在日暮时分，松涛轰鸣，有如向天际涌去；在秋风中，落叶随水漂流，宛若放纵水流带走自己，巧妙活泼。

尾联因为平仄的需要，做了一些语序上的调整。"终登顶"改为

"凌绝顶",既是化用杜甫诗句,也是更符合古人表达习惯的语言。将感叹句改成反问句,把小作者"不览众山不罢休"的豪迈气势用"怎甘休"的质问表达出来,增强了语势。

　　诗歌创作是一种艺术。和音乐、舞蹈、绘画、雕塑等其他艺术门类一样，诗歌创作也有它独特的技巧和表现方法。在前面三个章节中，我们学习并实践了诗歌创作最基本的步骤，写出了形式上符合规范的绝句和律诗。但那还称不上是艺术创作，至少，并不是每一首习作都具有一般意义上的诗歌创作的艺术水准。

　　为了进一步提高我们创作诗歌的艺术水准，在这一章里，我们将系统地介绍诗词创作常用的艺术手法和实用技巧。

第四章

常用的诗歌创作技巧

第一节 常见意象与情感的对应关系

中国古典诗歌多数是抒情诗,因而,写景抒情是古典诗歌的主要表现形式。叙事诗比较少,且即便在叙事中,也会运用写景来营造诗歌的情感基调、展现主人公的内心情感、推动叙事的情节发展。例如:经典叙事诗《琵琶行》中,开头即用"浔阳江头夜送客,枫叶荻花秋瑟瑟"的萧瑟秋景奠定了全诗凄凉伤感的情感基调。诗歌所描写的景物,即被称为"意象"。

"意象"一词是中国传统诗论中的一个重要概念。最早将"意象"一词引进文学领域的是晋代的挚虞,他在《文章流别论》中说:"文章者,所以宣上下之象,明人伦之序,穷理尽性,以究万物之宜者也。……情之发,因辞以形之;礼义之旨,须事以明之,故有赋焉,所以假象尽辞,敷陈其志。"南梁的刘勰在《文心雕龙·神思》中说:"使玄解之宰,寻声律而定墨,独照之匠,窥意象而运斤,此盖驭文之首术,谋篇之大端。"他以木匠勘定墨线和运斧取材作比喻,说明意象在诗歌创作中的重要作用。

一、何谓意象

从广义上讲，诗歌中所有用来寄托诗人情思的景物或自然界的客观物象，都可以称为"意象"。诗人余光中说："所谓意象，即诗人内在之意诉之于外在之象，读者再根据这外在之象还原为诗人的内在之意。"（余光中《论意象》）简言之，意象就是寓"意"之"象"，即：意象并不是诗人主观之"意"和客观之"象"的简单相加，而是诗人将"心中之意"和与之神韵相合的"象"交融契合而成的。

从诗歌创作技巧的狭义层面上讲，只有被赋予了相对固定的情感的客观物象，才能称为"意象"。即：主观的"意"和客观的"象"的结合是融入了某种特殊含义和文学意味的。而且，这种特殊含义必须是相对固定的、约定俗成的，大家一提起这种客观事物，都会马上想到的某种情感。不能是诗人自己在这一首诗的创作中临时赋予的。

例如，一说起"月亮"，几乎所有中文使用者都会马上联想到"团圆、思乡"的情感。这就是月亮所承载的固定情感。例如："海上生明月，天涯共此时""但愿人长久，千里共婵娟"等大家耳熟能详的诗句中的月亮就是表达渴望亲人团圆和思乡之情的意象。而在李白的《古朗月行》中，却慨叹"小时不识月，呼作白玉盘。……蟾蜍蚀圆影，大明夜已残。……阴精此沦惑，去去不足观。忧来其如何？凄怆摧心肝"。在这首诗中，诗人用蟾蜍咬蚀明月讽刺唐玄宗晚年沉湎声色，宠幸杨贵妃，权奸、宦官、边将擅权，把国家搞得乌烟瘴气的社会现实。此时这个失去光明的月亮临时被比作黑暗的朝政，表现得十分深婉曲折。严格意义上来讲，这首诗中的月亮就不能算作是意象。

二、古典诗歌中常见的意象

（一）送别类意象（或表达依依不舍之情，或叙写别后的思念）

1. 杨柳

　　以折柳表惜别源于《诗经·小雅·采薇》"昔我往矣，杨柳依依；今我来思，雨雪霏霏"的诗句，将杨柳的依依之态和惜别的依依之情融合在一起。汉代以后，人们在送别时，往往折柳相送，以表达依依惜别的深情。"柳"与"留"谐音，以至许多文人用它来传达怨别、怀远等情思。如柳永《雨霖铃》词中的"今宵酒醒何处？杨柳岸、晓风残月"等。进而由此引发对远方亲人的思念之情以及行旅之人的思乡之情。如：南宋魏庆之《诗人玉屑·卷七》中记载《送别》诗："杨柳青青着地垂，杨花漫漫搅天飞。柳条折尽花飞尽，借问行人归不归？"

2. 长亭

　　古代路旁置有亭子，供行旅停息休憩或饯别送行。如北周庾信《哀江南赋》"十里五里，长亭短亭"。"长亭"成为一个蕴含着依依惜别之情的意象，在古代送别诗词中不断出现。如柳永《雨霖铃》"寒蝉凄切，对长亭晚"，李白《菩萨蛮》"何处是归程？长亭更短亭"，李叔同《送别》"长亭外，古道边，芳草碧连天"。

3. 南浦

　　南浦多见于南方水路送别的诗词中。它成为送别诗词中的常见意象与屈原《九歌·河伯》"与子交手兮东行，送美人兮南浦"这一名句有很大关系。南朝江淹作《别赋》"春草碧色，春水渌波，送君南浦，伤如之何！"之后，南浦在送别诗中明显多了起来；到唐宋送别诗词中出现得则更为普遍，如唐代白居易《南浦别》中的"南浦凄凄别，西风袅袅秋"，王勃的《滕王阁诗》中"画栋朝飞南浦云，珠帘暮卷西山雨"等。虽然后世水边送别并非只在南浦，但由于长期的文化浸染，南浦已成为水边送别之地的一个专名了。

4. 酒

　　元代杨载《诗法家数》说："凡送人多托酒以将意，写一时之景以兴怀，寓相勉之词以致意。"酒在排解愁绪之外，还饱含着深深的祝福。将美酒和离情联系在一起的诗词多不胜举，如王维《渭城曲》中"劝君更尽一杯酒，西出阳关无故人"，白居易《琵琶行》中的"醉不成欢惨将别，别时茫茫江浸月"等，都是以酒抒写别离之情。

5. 芳草

　　芳草在中国古典诗歌中往往暗喻离愁别恨。《楚辞·招隐士》"王孙游兮不归，春草生兮萋萋"。"萋萋"是形容春草茂盛。春草茂盛，春光撩人，而伊人未归，不免引起思妇登楼伫望。乐府《饮马长城窟》中有"青青河畔草，绵绵思远道"的句子，以"青青河边草"起兴，表达对远方伊人的思念。白居易《赋得古原草送别》"野火烧不尽，春风吹又生。远芳侵古道，晴翠接荒城。又送王孙去，萋萋满别情"。李煜《清平乐》"离恨恰如春草，更行更远还生"。以远接天涯、绵绵不尽、无处不生的春草来比喻离别的愁绪。

6. 班马

春秋时，晋、鲁、郑伐齐，齐军趁夜间撤走。晋国大臣刑伯听到齐军营里马叫，推测道：有班马之声，齐国军队一定连夜撤走了。班马为离群之马，后送别诗多用以抒发惜别之情。李白《送友人》中即有"挥手自兹去，萧萧班马鸣"的诗句。

（二）思乡类意象（或表达对家乡的思念，或表达对亲人的牵挂）

1. 月亮

一般说来，古诗中的月亮是思乡、思亲的代名词，如李白《静夜思》"床前明月光，疑是地上霜。举头望明月，低头思故乡"。特别是苏轼《水调歌头·明月几时有》"但愿人长久，千里共婵娟"，从良好的祝愿出发，写兄弟之情，意境豁达开朗，意味深长，用深邃无底而又美妙空明的自然境界体会人生。人们往往也会由对月思亲引发对离愁别绪的感伤。例如，唐代张九龄的《望月怀远》"海上生明月，天涯共此时。情人怨遥夜，竟夕起相思"。又如李煜的《虞美人》中有"小楼昨夜又东风，故国不堪回首月明中"的句子，望月思故国，表明亡国之君特有的伤痛。

2. 鸿雁

　　鸿雁是大型候鸟，每年秋季奋力飞回故巢的景象常常引起游子思乡怀亲和天涯羁旅的伤感之情，因此鸿雁常被诗人用作表达思乡、思亲之情的意象。元代王实甫《西厢记》结尾崔莺莺长亭送别时唱的《正宫·端正好》："碧云天，黄花地，西风紧，北雁南飞。晓来谁染霜林醉？总是离人泪。"情景相生，成千古绝唱。辛弃疾的《水龙吟·登建康赏心亭》中用"落日楼头，断鸿声里，江南游子"，诉说了南归之后对老家济南的思念和收复中原的情结，以及"无人会，登临意"的悲愤。

　　此外，《汉书·苏武传》载，匈奴单于欺骗汉使，称苏武已死，而汉使者故意说天子打猎时射下一只北方飞来的鸿雁，脚上拴着帛书，是苏武写的。单于只好放了苏武。后来就用"鸿雁""雁书""雁足""鱼雁"等指书信、音讯。例如，晏殊《清平乐》："红笺小字，说尽平生意。鸿雁在云鱼在水，惆怅此情难寄。"李清照《一剪梅》："雁字回时，月满西楼。"大雁在这里是传书的信使。

3. 浮云

　　古人用浮云比喻在外漂泊的游子。例如，李白《送友人》中"浮云游子意,落日故人情"的句子。其后,望云思友、见月怀人,便成为古代诗词中常用的手法。杜甫的《恨别》中"思家步月清宵立,忆弟看云白日眠",也是借白云明月寄托对友人的怀念。刘长卿《谪仙怨》"白云千里万里,明月前溪后溪",写别后相隔之遥与思念之深,希望悠悠的白云,把自己的一片思念之情带给千里万里之外的友人。

4. 莼羹鲈脍

莼羹鲈脍指家乡风味。典出刘义庆《世说新语·识鉴》:"(张翰)在洛,见秋风起,因思吴中菰菜羹、鲈鱼脍,曰:'人生贵得适意尔,何能羁宦数千里以要名爵?'遂命驾便归。"菰菜羹,指菰菜、莼羹。后来文人以"莼羹鲈脍""莼鲈秋思"借指思乡之情。例如,辛弃疾《沁园春·带湖新居将成》:"意倦须还,身闲贵早,岂为莼羹鲈脍哉?"徐自华《慧僧先生解职归见》:"转瞬西风又起,忽摇动莼鲈乡思。"

5. 双鲤

古时人们多以鲤鱼形状的函套藏书信,因此不少文人也在诗中以"鲤鱼"或"双鲤"代指书信。汉乐府《饮马长城窟行》有云:"客从远方来,遗我双鲤鱼。呼儿烹鲤鱼,中有尺素书。"后来即以双鲤借代远方来信。《敦煌曲子词·鱼游春水》:"凤箫声绝沉孤雁,望断清波无双鲤。云山万重,寸心千里。"字面上好像是写清波上无双鲤跳跃,其实是指千里之外,烟波浩渺,音信全无。清人宋琬《喜周华岑见过》:"不见伊人久,曾贻双鲤鱼。"写的也是睹物(双鲤鱼)思人。又如,晏几道《蝶恋花》中"蝶去莺飞无处问,隔水高楼,望断双鱼信"。

6. 捣衣

捣衣,指古代妇女把织好的布帛铺在平滑的砧板上,用木棒敲平,以求柔软熨帖,好裁制衣服。每当天气转冷,有游子在外的家庭要做寒衣寄给远方的亲人。所以,"捣衣""寒砧",往往表现征人离妇、远别故乡的惆怅情绪。如:李白《子夜吴歌》之三:"长安一片月,万户捣衣声。秋风吹不尽,总是玉关情。何日平胡虏,良人罢远征?"

(三)愁苦类意象

1. 芭蕉

芭蕉常常与孤独忧愁特别是离情别绪相联系。古筝曲有《雨打芭蕉》,表凄凉之音。李清照曾写过:"窗前谁种芭蕉树,阴满中庭。阴满中庭,叶叶心心舒卷有舍情。"把伤心、愁闷一股脑儿倾吐出来,对芭蕉为怨悱。吴文英《唐多令》:"何处合成愁?离人心上秋。纵芭蕉,不雨也飕飕。"葛胜仲《点绛唇》:"闲愁几许,梦逐芭蕉雨。"雨打芭蕉本来就够凄怆的,梦魂逐着芭蕉叶上的雨声追寻,更令人觉得凄恻。

2. 梧桐

梧桐在中国古典诗歌中和芭蕉差不多，大多表示凄苦之音。白居易《长恨歌》中有"春风桃李花开日，秋雨梧桐叶落时"的句子。秋日冰冷的雨打在梧桐叶上，好不令人凄苦。李煜《相见欢》"寂寞梧桐，深院锁清秋"。温庭筠《更漏子》"梧桐树，三更雨，不道离情正苦。一叶叶，一声声，空阶滴到明"。李清照《声声慢》"梧桐更兼细雨，到黄昏，点点滴滴"。可见秋雨打梧桐，别有一分愁滋味。

3. 杜鹃

杜鹃在中国古典诗词中常与悲苦之事联系在一起。因为在中国古代神话中，周朝末年蜀地的君王望帝，因被迫让位给他的臣子，自己隐居山林，死后灵魂化为杜鹃鸟，暮春苦啼，以至于口中流血，其声哀怨凄悲、动人肺腑。于是古诗中的杜鹃就成为凄凉、哀伤的象征。李白《蜀道难》中即有"又闻子归啼夜月，愁空山"的诗句，又在《闻王昌龄左迁》中写道"杨花飘落子规啼，闻道龙标过五溪。"又如杜鹃的啼叫又好像是说"不如归去，不如归去"，它的啼叫容易触动人们的乡愁乡思。宋代范仲淹诗云："夜入翠烟啼，昼寻芳树飞。春山无限好，犹道不如归。"

4. 猿啼

猿啼出现在诗歌中常常象征着一种悲伤的感情。郦道元《水经注·江水》中渔者歌曰"巴东三峡巫峡长，猿鸣三声泪沾裳"，杜甫

《登高》中的"风急天高猿啸哀",李端《送客赋得巴江夜猿》"巴水天边路,啼猿伤客情"等诗句,都借助于猿啼表达这种伤感的情绪。

5. 水

水在中国古代诗歌里总是和绵绵的愁丝连在一起的,多传达人生苦短、命运无常的感伤和哀愁。李煜《浪淘沙》中有"流水落花春去也,天上人间",《虞美人》中有"问君能有几多愁,恰似一江春水向东流",《相见欢》中又有"自是人生长恨水长东",用东流之水来比喻绵绵不断的愁思。秦观《踏莎行》"离愁渐远渐无穷,迢迢不断如春水",《江城子》"便做春江都是泪,流不尽,许多愁",都以流水与离愁关合,也是古典诗歌中常用的一种表现方式。

6. 杜康

《说文解字·巾部》"古者少康初作箕帚、秫酒。少康,杜康也",后即以杜康为酒的代称。古诗词中,常用酒来传达豪情壮志或悲愁、苦闷、郁郁不得志。曹操《短歌行》"何以解忧,唯有杜康",范仲淹《渔家傲》"浊酒一杯家万里,燕然未勒归无计",李清照《声声慢》"三杯两盏淡酒,怎敌他,晚来风急",都是借酒寄情的名句。

7. 斜阳(夕阳、落日)

斜阳在古诗词中多传达凄凉失落、苍茫沉郁之情。例如,李商隐《乐游原》"夕阳无限好,只是近黄昏",秦观《满庭芳》"斜阳外,寒鸦数点，流水绕孤村"，许浑《秋霁寄远》"横烟秋水上，疏雨斜阳中"，都是这种凄凉失落的表达。而王维的《使至塞上》"大漠孤烟直，长河落日圆"，王安石的《桂枝香·金陵怀古》"征帆去棹残阳里，背西风、酒旗斜矗"，则更苍凉悲壮一些。

8. 霜露

古诗词中常用霜露渲染思念之愁苦，也比喻人生易老，社会环境的恶劣，恶势力的猖狂，人生途路的坎坷、挫折等多种情感。例如，张继的《枫桥夜泊》"月落乌啼霜满天，江枫渔火对愁眠"，表达的就是游子天涯羁旅的思乡之苦。陆游的《秋雨》"残年不觉日月逝，病骨惟愁霜露侵"，表达的就是人生苦短、来日无多的感伤。

9. 黄昏

黄昏象征时光流逝、惆怅幽思、对青春的惜怀。如李清照的名句："梧桐更兼细雨，到黄昏，点点滴滴。这次第，怎一个愁字了得？"

10. 西楼

"西楼"在古诗词中已经摆脱了字面"西边的楼"之意，而是孤苦和愁苦的代名词。例如，李清照的《一剪梅》："云中谁寄锦书来，雁字回时，月满西楼。"李煜的《相见欢》："无言独上西楼，月如钩，寂寞梧桐深院锁清秋。"

(四）抒怀类意象（或托物显示高洁的品质，或抒发感慨）

1. 菊花

菊花一直受到文人墨客的青睐，有人称赞它坚强的品格，有人欣赏它清高的气质。东晋田园诗人陶渊明，写了很多咏菊诗，将菊花素雅、淡泊的形象与自己不同流俗的志趣十分自然地联系在一起，如"采菊东篱下，悠然见南山"。孟浩然的《过故人庄》"待到重阳日，还来就菊花"一句，也是表达隐逸生活的闲适。宋人郑思肖的《寒菊》中"宁可枝头抱香死，何曾吹堕北风中"，宋人范成大的《重阳后菊花二首》中"寂寞东篱湿露华，依前金靥照泥沙"等诗句，都借菊花来寄寓诗人孤傲坚贞的精神品质。

2. 梅花

梅花在严寒中最先开放，然后引出春光中烂漫的百花，因此梅花傲雪、坚强、不屈不挠的品格受到诗人的敬仰与赞颂。宋人陈亮的《梅花》"一朵忽先变，百花皆后香"，诗人抓住梅花最先开放的特点，写其不怕打击挫折、敢为天下先的品质，既是咏梅，也是咏自己。王安石的《梅花》"遥知不是雪，为有暗香来"，既写出了梅花的暗香幽远，又含蓄地表现了梅花的纯净洁白，收到了香色俱佳的艺术效果。陆游的著名词作《咏梅》"零落成泥碾作尘，只有香如故"，借梅花来比喻自己备受摧残的不幸遭遇和不愿同流合污的高尚情操。元人王冕的《墨梅》"不要人夸颜色好，只留清气满乾坤"，也是以冰清玉洁的梅花来写自己不愿同流合污的品质,言浅而意深。

3. 松柏

《论语·子罕》中说:"岁寒,然后知松柏之后凋也。"作者借赞扬松柏的耐寒来歌颂坚贞不屈的人格,形象鲜明,意境高远,引发了后世文人无尽的诗情画意。李白《赠韦侍御黄裳》:"愿君学长松,慎勿作桃李。"韦黄裳一向谄媚权贵,李白写诗规劝他,希望他做一个正直的人。刘禹锡《将赴汝州途出浚下留辞李相公》诗中的"后来富贵已零落,岁寒松柏犹依然",也以松柏来象征孤直坚强的品格。

4. 竹

亭亭玉立,挺拔多姿,以其"遭霜雪而不凋,历四时而常茂"的品格赢得古今诗人的喜爱和称颂。张九龄的《和黄门卢侍御咏竹》言简意赅地赞美道:"高节人相重,虚心世所知。"苏轼的《于潜僧绿筠轩》有咏竹名句"宁可食无肉,不可居无竹。无肉令人瘦,无竹使人俗。人瘦尚可肥,士俗不可医",将竹视为名士风度的最高标识。郑板桥一生咏竹画竹,留下了很多咏竹佳句,如"咬定青山不放松,立根原在破岩中。千磨万击还坚劲,任尔东西南北风",赞美了立于岩石之中的翠竹坚定顽强、不屈不挠的风骨。

5. 冰雪

古代诗歌中,常以冰雪的晶莹比喻心志的忠贞、品格的高尚。

如王昌龄的《芙蓉楼送辛渐》"洛阳亲友如相问,一片冰心在玉壶",以"冰心在玉壶"比喻自己光明磊落的心性。再如张孝祥《念奴娇》中的名句"应念岭表经年,孤光自照,肝肺皆冰雪",表明自己的襟怀坦白和光明磊落。

(五)爱情类意象(用以表达爱恋、相思之情)

1. 红豆

传说古代一位女子,因丈夫死在边疆,哭于树下而死,化为红豆,于是红豆又称"相思子",常用以象征爱情或相思。如王维《相思》:"红豆生南国,春来发几枝。愿君多采撷,此物最相思。"诗人借生于南国的红豆抒发了对友人的眷念之情。清人朱彝尊《怀汪进士煜》:"安床红豆底,日日坐相思。"即睡在相思树下,日日思念汪进士。后世借指男女爱情的信物。

2. 莲

莲与"怜"音同,"怜"在古汉语中是"怜爱"之意,所以古诗中有不少写莲的诗句,借以表达爱情。如南朝乐府《西洲曲》:"采莲南塘秋,莲花过人头。低头弄莲子,莲子清如水。"采用谐音双关的修辞,表达了一个女子对所爱男子的深长思念和纯洁爱情。

3. 连理枝、比翼鸟

连理枝指连生在一起的两棵树。比翼鸟，传说中的一种鸟，雌雄总在一起飞，古典诗歌里用作恩爱夫妻的比喻。相传古时宋康王夺了随从官韩凭的妻子，囚禁了韩凭。韩自杀，他的妻子暗中把身上的衣服弄腐，同康王登台游玩时自投台下，大家拉她衣服，结果还是跌下去死了。留下遗书说是与韩凭合葬，康王却把他们分葬两处。不久，两座坟上各生一棵梓树，十天就长得很粗大，两棵树的根和枝交错在一起，树上有鸳鸯一对，相向悲鸣。白居易的《长恨歌》中有"七月七日长生殿，夜半无人私语时。在天愿作比翼鸟，在地愿为连理枝"的句子，难怪人们把结婚称为"喜结连理"。

4. 青梅竹马

"青梅竹马"一词出自李白的《长干行》"郎骑竹马来，绕床弄青梅。同居长干里，两小无嫌猜"。后来用"青梅竹马"形容男女小的时候天真无邪，也指幼小时就相识的伴侣。

5. 秋水

秋水，喻指眼睛，形容盼望的迫切。《西厢记》第三本第二折："望穿他盈盈秋水，蹙损他淡淡春山。"春山，指眉。

6. 青鸟

传说西王母有三只青鸟，一只选遣为信使，前来给汉武帝报信，另外两只随西王母而来，并服侍在王母身旁。南唐中主李璟有诗："青鸟不传云外信，丁香空结雨中愁。"李商隐诗云："蓬山此去无多路，青鸟殷勤为探看。"青鸟在此已成为恋人间传书的信使。

7. 琴瑟

大多比喻夫妇感情和谐，亦作"瑟琴"。如《诗·周南·关雎》："窈窕淑女，琴瑟友之。"又《诗·小雅·常棣》："妻子好合，如鼓琴瑟。"琴与瑟是两种乐器，均由梧桐木制成，带有空腔，丝绳为弦。琴初为五弦，后改为七弦；瑟二十五弦。古人发明和使用琴瑟的目的是顺畅阴阳之气和纯洁人心。当二者合奏时，其音韵悠扬、动人心弦。所以，古人就以"琴瑟"来比喻夫妻之间融洽美好的感情，或直接用"琴瑟和谐"来表达。

8. 鸳鸯

在古诗词中，鸳鸯用于暗示恋爱双方的真情挚爱、夫妻间的生死之恋、女子的忠贞痴情和对自由恋爱的神驰等，都可以鸳鸯作为升华情爱理想的意象。如：张先《木兰花》"鸳鸯从小自相双，若不多情头不白"，用鸳鸯暗示相守到老的恋爱；张孝祥《浣溪沙》"豆蔻枝头双蛱蝶，芙蓉花下两鸳鸯"，象征情人两相爱悦、情深意长；贺铸的《鹧鸪天》"重过阊门万事非，同来何事不同归，梧桐半死清霜后，头白鸳鸯失伴飞。"是悼念亡妻的。

9. 鹧鸪

古人常用鹧鸪写男女相悦之情。鹧鸪有"多雌雄对啼"的特性，在人们看来，有青年男女相悦之意味，因而一些诗词中的鹧鸪意象意义就指向了男女两情相悦。如唐代李珣的《菩萨蛮》"残日照平芜，双双飞鹧鸪"，皇甫松《竹枝》"槟榔花发鹧鸪啼，雄飞烟瘴雌亦飞"。雄飞雌从的鹧鸪如同鸳鸯一样被赋予了浓重的情感色彩，成为男欢女爱的代言者。

（六）兴亡类

1. 哀鸿

哀鸿比喻哀伤苦痛、流离失所的人。"哀鸿"一语出自"鸿雁"。《诗·小雅·鸿雁》："鸿雁于飞，哀鸣嗷嗷。维此哲人，谓我劬劳。"诗歌写使臣行于四方，见流民如鸿雁飞集于野，流民喜使者到来，皆合词倾诉，如鸿雁哀鸣之声不绝。后来以鸿雁在野、哀鸿遍野喻指百姓流离失所。龚自珍《己亥杂诗》："三更忽轸哀鸿思，九月无襦淮水湄。"写的就是人民痛苦流离的生活。

2. 黍离

"黍离"常用来表示对国家昔盛今衰的痛惜伤感之情。典出《诗经·王风·黍离》。旧说周平王东迁以后，周大夫经过西周古都，悲叹宫廷宗庙毁坏，长满禾黍，就作了《黍离》这首诗寄托悲思。后世遂以"黍离之思"用作昔盛今衰等亡国之悲。如姜夔《扬州慢》小序中有云:"予怀怆然,感慨今昔,因自度此曲。千岩老人以为有《黍离》之悲也。"

3. 草木

古代诗歌常以草木繁盛反衬荒凉,以抒发盛衰兴亡的感慨。姜夔《扬州慢》:"过春风十里,尽荠麦青青。"春风十里,十分繁华的扬州路,如今长满了青青荠麦,一片荒凉了。杜甫的《蜀相》:"映阶碧草自春色,隔叶黄鹂空好音。"一代贤相及其业绩都已消失,如今只有映绿石阶的青草,年年自生春色,黄鹂白白发出这婉转美妙的叫声,诗人慨叹往事空茫,深表惋惜。

(七)战争类意象(或表达对战争的厌恶,或表达对和平的向往)

1. 长城

《南史·檀道济传》记载,檀道济是南朝宋的大将,权力很大,受到君臣猜忌。后来宋文帝借机杀他时,檀道济大怒道:"乃坏汝万里长城!"很显然是指宋文帝杀害将领,瓦解自己的军队。后来就用"万里长城"指守边的将领。如陆游的《书愤》"塞上长城空自许,镜中衰鬓已先斑"。

2. 楼兰

《汉书·西域传》载，楼兰国王贪财，多次杀害前往西域的汉使。后来傅介子被派出使西域，计斩楼兰王，为汉朝立功。以后诗人就常用"楼兰"代指边境之敌，用"破（斩）楼兰"指建功立业。如王昌龄的《从军行》"青海长云暗雪山，孤城遥望玉门关。黄沙百战穿金甲，不破楼兰终不还"。

3. 柳营

柳营指军营，典出《史记·绛侯周勃世家》：汉文帝时，汉军分扎霸上、棘门、细柳以备匈奴，细柳营主将为周亚夫。周亚夫掌管的柳军营纪律严明，军容整齐，连文帝及随从也得经周亚夫许可，才可入营，文帝极为赞赏周亚夫治军有方。后代多以"柳营"称纪律严明的军营。王维的《观猎》"忽过新丰市，还归细柳营"，杜审言《春日京中有怀》"上林苑里花徒发，细柳营前叶漫新"，都用了这个意象。

4. 羌笛

羌笛，顾名思义，羌族的乐器，由西域边疆传入，边塞诗中经常提到羌笛。如王之涣《凉州曲》"羌笛何须怨杨柳，春风不度玉门关"，岑参的《白雪歌送武判官归京》"中军置酒饮归客，胡琴琵琶与羌笛"，李益的《夜上受降城闻笛》"不知何处吹芦管，一夜征人尽望乡"，范仲淹的《渔家傲》"浊酒一杯家万里，燕然未勒归无计，羌管悠悠霜满地",羌笛发出的凄切之音,常让征夫怆然泪下。

(八)闲适类意象(或表达清闲恬淡的心情,或表达对隐居生活的向往)

1. 五柳

陶渊明《五柳先生传》载:"宅边有五柳树,因以为号焉。"后来"五柳"就成了隐者的代称。如王维的《辋川闲居赠裴秀才迪》"寒山转苍翠,秋水日潺湲。倚杖柴门外,临风听暮蝉。渡头余落日,墟里上孤烟。复值接舆醉,狂歌五柳前"。

2. 东篱

陶渊明的《饮酒》中有"采菊东篱下,悠然见南山"的句子,后来多用"东篱"表现辞官归隐后的田园生活或娴雅的情致。如李清照的《醉花阴》"东篱把酒黄昏后,有暗香盈袖"。

3. 三径

陶渊明《归去来兮辞》中有"三径就荒,松菊犹存"的句子,后来"三径"就用来指代隐士居住的地方。如白居易的《欲与元八卜邻先有是赠》"明月好同三径夜,绿杨宜作两家春"。

4. 渔樵

渔樵本为动词，打鱼砍柴之意。渔樵同时也是一种职业称谓，即渔夫、樵夫。这是农耕社会中比较重要的职业，代表了民间的基本生活方式。文人自然不会完全像职业渔夫和樵夫一样仅仅关注打鱼和砍柴本身，他们更向往的是渔夫、樵夫的这种闲适、惬意的生活方式。这份闲适和惬意具备着三种功能——有用、有趣、有悟。如唐高适《封丘县》诗"我本渔樵孟诸野，一生自是悠悠者"，宋苏轼《前赤壁赋》"况吾与子渔樵于江渚之上，侣鱼虾而友麋鹿"。这两处的渔樵都为动词，但需注意的是：虽然做动词解，但经分析不难看出作者更注重的是动词背后所传递的一种生活方式。渔樵，是文人心目中完美生活方式的代表。

上述意象仅仅是举例而已。古典诗歌中的意象使用是非常丰富、灵活的。既有多个意向表达同一种情感，也有同一个意象在不同语境下表达不同的情感。需要读者多读、多见、多体会，慢慢熟悉、领悟其中的奥妙。

三、意象与意境的区别

意境是文学艺术作品通过形象描写表现出来的境界和情调，是抒情作品中呈现的情景交融、虚实相生的形象及其诱发和开拓的审美想象空间。意象是以表达哲理观念为目的、以象征性或荒诞性为基本特征以达到人类理想境界的表意之象,即为艺术典型。根据这个界定,我们可得出以下几点:意象是一个个表意的典型物象,是主观之象,是可以感知的、具体的;意境是一种境界和情调,它通过形象表达或诱发,是要体悟的、抽象的。意象或意象的组合构成意境,意象是构成意境的手段或途径。要想正确把握二者的真谛,就需要展开想象的翅膀。

四、意象在诗歌中的作用

1. 寄情于物,托物言志

诗歌的创作十分讲究含蓄、凝练。诗人的抒情往往不是情感的直接流露,而是创造一个或一群"意象",来含蓄地抒发自己的情感。反之,读者只有在领悟意象寓意的过程中,才能把握诗歌的内容,领会诗歌的主旨,进入诗歌的意境,感知诗人的情感。所以,诗歌的阅读鉴赏,必须以解读诗歌的意象为突破口,以熟知诗歌意象为突破点。

诗人将抽象的主观情思寄托于具体的客观物象,使之成为可感可触的艺术形象,使情思得到鲜明生动的表达。如曹植《七步诗》:"煮豆持作羹,漉菽以为汁。萁在釜下燃,豆在釜中泣。本自同根生,相煎何太急?"用"豆萁煮豆"暗喻其兄曹丕对他的迫害,用"豆泣"这一拟人化手法比喻自己的伤心,后两句则用"同根生"比喻亲情,婉劝不要迫害太甚。寄情于物,托物言志就是在诗中通过创造的意象来表现感情。

古人运用比兴，借助意象增加作品的形象性、模糊性，进而造成"言已尽而意未绝"的意境，即"借物言志"。例如，"愁"这种情感，无形无色，说不清道不明，但优秀的诗人就能够使用生花妙笔塑造出鲜活独特、可视可感的意象。李白《宣州谢朓楼饯别校书叔云》"抽刀断水水更流，举杯销愁愁更愁"，李煜《虞美人·春花秋月何时了》"问君能有几多愁，恰似一江春水向东流"，贺铸《青玉案·凌波不过横塘路》"若问闲愁都几许？一川烟草，满城飞絮，梅子黄时雨"，李清照《武陵春·春晚》"只恐双溪舴艋舟，载不动许多愁"，蒋捷《梅花引·荆溪阻雪》"都道无人愁似我，今夜雪，有梅花，似我愁"，等等。由于意象的作用，使本来是看不见、听不着、称不得的愁化为可视、可听甚至可称的形象，形成新的艺术境界。

2. 使抒情更含蓄

中国古代诗论素来推崇"诗贵含蓄"。含蓄就是不直言情感，用极少的意象来表现诗人极丰富的内心情感，以瞬间表现永恒，以有限传达无限，以尽量简洁的语言含不尽之意于言外，给读者以想象的广阔天空，使人回味无穷。

例如，刘禹锡《乌衣巷》："朱雀桥边野草花，乌衣巷口夕阳斜。旧时王谢堂前燕，飞入寻常百姓家。"这是一首怀古诗，其意是对历史沧桑的感叹。常人写作咏史诗，往往议论过于直露。而《乌衣巷》这首诗，把"朱雀桥"与"野草花"、"乌衣巷"与"夕阳"、"王谢堂前燕"与"寻常百姓家"这些意象构成对比关系,在极短的篇幅内融入了宏大深沉的历史内涵,确实称得上是一篇意象相兼、情景交融的佳作。这比空洞的"谢安王导今何在,富贵荣华难久长"之类的直白,给人的感染力要大多了。

又如张继《枫桥夜泊》:"月落乌啼霜满天,江枫渔火对愁眠。姑苏城外寒山寺,夜半钟声到客船。"诗人把他只身漂泊异乡,孤独的羁旅之愁寄情于落月、啼乌、霜天、江畔、枫树、渔火、寒山寺、钟声这一组意象中,描绘出一幅凄清的秋夜羁旅图。

3. 渲染气氛,营造意境

诗词中的意象并不是孤立存在的,而是一个虚实结合的有机整体。诗词创作必须努力营造出多个意象相兼、情景交融的作品,才能使人赏心悦目,为读者提供想象的空间。例如,杜甫的《绝句》:"两个黄鹂鸣翠柳,一行白鹭上青天。窗含西岭千秋雪,门泊东吴万里船。"这是一首写景诗,但黄鹂、翠柳、白鹭、青天、西岭雪、门外船等,已不仅仅是客观事物的表象,而是寄予着作者主观情思的意象。黄鹂、翠柳象征春天的鲜明色彩和欢乐,白鹭、青天表现了乐观向上的精神,山上的积雪蕴含着岁月的悠久,江中的船体现了国土疆域的辽阔。由这些意象所构成的意境,则是一个清新活泼、生气蓬勃、万类春天竞自由的景象,一幅令人心旷神怡、绚丽多彩的画卷,表达了诗人思接千载、视通万里的开阔胸襟和向往平和生活的情感。于是,一幅生动的如诗如画的景色呈现在读者的脑海中,诗词的内涵也就迎刃而解。

又如白居易的《钱塘湖春行》，描绘的也是一幅春意盎然的景象，但是所组成的却是一幅寓静于动的画面。"孤山寺北贾亭西，水面初平云脚低。几处早莺争暖树，谁家新燕啄春泥。乱花渐欲迷人眼，浅草才能没马蹄。最爱湖东行不足，绿杨阴里白沙堤。"水、莺、树、燕、花、草，都是春天的经典景物，也是诗人们表现春天生机盎然的经典意象。在这里，这些意象与诗句中的虚词"初、谁、渐、才、最"相结合，形成了几幅连贯的画面。这种动静结合的表达，寓情于景，情景交融，从生意盎然的早春湖光中，体现出作者游湖时的喜悦心情。可见，诗歌的意境是在意象的连缀与融合的基础上，主观与客观、情与景的高度统一，自然地融为一体的。

第二节 修辞手法在诗歌创作中的运用

现代散文中常见的修辞手法，如比喻、拟人、夸张、借代等，古人都早已运用得炉火纯青了。而互文、用典可以将丰富的内容和情感浓缩成几个字，不但用凝练的语言满足了多数诗歌对字数的限制，更让诗歌的意蕴丰富、情感充沛。严格意义上讲，炼字并不是一种修辞方法，而应该是一种广泛运用于各种文学体裁的创作技巧。但它在诗歌中的应用频率和对写景抒情的作用非常突出，所以，无论是诗歌鉴赏还是诗歌创作，都会把它当作一种类似于修辞方法的语言技巧来重点解读。

一、比喻

比喻是最常见的修辞方法之一，广泛用于诗歌、散文等文学体裁，目的是用某一具体、浅显、熟悉的事物或情境来说明另一种抽象、深奥、生疏的事物或情境。诗歌中的比喻是否精彩，取决于所选喻体是否既能准确地表现二者的相似点，又超出人们的思维习惯，让读者获得"意料之外情理之中"的阅读体验。

―（名篇欣赏）―

忆江南

（唐）白居易

江南好,风景旧曾谙。日出江花红胜火,春来江水绿如蓝。能不忆江南?

清平调·其一

（唐）李白

云想衣裳花想容,春风拂槛露华浓。
若非群玉山头见,会向瑶台月下逢。

《忆江南》中,将春来红日普照、百花盛开得极红艳、极耀眼的明艳色彩比作火焰,甚至比火焰还要鲜红,极写作者追忆中的江南春景之美。《清平调》的"云想衣裳花想容"一句,是可以双解的:可以理解为看见天边的云彩就想起杨贵妃的衣裳,看见娇嫩的牡丹花儿就不由得想起杨贵妃的容颜;也可以理解成衣裳像云彩一样轻盈,容颜像花儿一样美丽可人。总之,诗人用比喻的修辞手法,通过"云"与"衣裳"、"花"与"容"的相似性,描写了杨贵妃衣着的绚丽轻盈,容颜的娇嫩可人。

二、拟人

把物当作人写，赋予物以人的动作、行为、思想、感情、活动，用描写人的词来描写物。这就使禽兽鸟虫花草树木或其他无生命的事物具有了人的情感和情态，使具体事物人格化，不仅诗歌语言生动形象，更让诗歌的情感由"人同此心"扩大到"物同此感"，强化了抒情的表达效果。

—（名篇欣赏）—

游子吟

（唐）孟郊

慈母手中线，游子身上衣。

临行密密缝，意恐迟迟归。

谁言寸草心，报得三春晖。

"报恩"这个概念，一般意义上来讲，是人类才有的。而这里却说小草难以报答春晖的恩情，显然是把小草和阳光都拟人化了。或者，按照传统的诗论，认为这两句采用了比兴手法：儿女像区区小草，母爱如春天阳光。儿女怎能报答母爱于万一呢？对比中寄托着赤子对慈母发自肺腑的爱。

三、夸张

描绘事物时，对其形象、性质、特征、作用、程度等故意地夸大或缩小，目的是更好地突出事物的特征，烘托气氛，加强渲染力，引起读者丰富的想象和强烈的共鸣。

―（ **名篇欣赏** ）―

秋浦歌

（唐）李白

白发三千丈，缘愁似个长。

不知明镜里，何处得秋霜。

单看"白发三千丈"一句，真叫人无法理解：白发怎么能有"三千丈"那么长呢？读到下句才豁然开朗，原来"三千丈"的白发是因愁而生，因愁而长。愁生白发，人所共晓，而长达三千丈，该有多少深重的愁思。十个字的千钧重量落在一个"愁"字上。如此夸张地写愁，不能不使人惊叹诗人独辟蹊径的气魄和笔力。

四、借代

不直接说出所要表达的人或事物，而是借用与它有密切相关的人或事物来代替。常见的借代方式有特征代事物、具体代抽象、部分代全体、整体代部分等，其作用是突出事物的本质特征，增强语言的形象性，使文笔简洁精炼，语言富于变化或幽默感；引人联想，使表达收到形象突出、特点鲜明、具体生动的效果。

—（名篇欣赏）—

陇西行四首·其二

（唐）陈陶

誓扫匈奴不顾身，五千貂锦丧胡尘。

可怜无定河边骨，犹是春闺梦里人！

如梦令

（宋）李清照

昨夜雨疏风骤，浓睡不消残酒。

试问卷帘人，却道"海棠依旧"。

"知否？知否？应是绿肥红瘦"。

《陇西行》以精练概括的语言叙述了一个慷慨悲壮的激战场面。汉代羽林军穿锦衣貂裘，这里借貂锦代指大唐帝国的精锐部队。部队如此精良，战死者达五千之众，足见战斗之激烈和伤亡之惨重。"无定河"泛指西北边陲的前线，枯"骨"代指已死去的前方将士。长年杳无音信，亲人早已变成无定河边的枯骨，妻子却还在梦境之中盼他早日归来团聚。这才是真正让人痛彻心扉的悲剧。

《如梦令》中的"绿肥红瘦"一语,历来为世人所称道。"绿"代替叶,"红"代替花,是两种颜色的对比;"肥"形容雨后的叶子因水分充足而茂盛肥大,"瘦"形容雨后的花朵因不堪雨打而凋谢稀少,是用拟人手法做两种状态的对比。本来平平常常的四个字,经词人的搭配组合,竟显得如此色彩鲜明、形象生动,这实在是语言运用上的一个创造,实在令人叹为观止。

五、互文

互文,又称互文见义,是指在有意思相对或相关的文句里,前后两句词语互相呼应、互相交错,意义上互相渗透、互相补充,使文句更加整齐和谐、更加精练的一种修辞手法。互文所涉及的相关内容必须合在一起理解,否则会感觉不合情理。

名篇欣赏

出塞

(唐)王昌龄

秦时明月汉时关,万里长征人未还。

但使龙城飞将在,不教胡马度阴山。

木兰诗

北朝民歌

……东市买骏马,西市买鞍鞯,

南市买辔头,北市买长鞭。……

……将军百战死,壮士十年归。……

《出塞》的第一句意是说"这明月和雄关从秦汉时期就在这里,至今未改"。"秦汉"要合起来理解才通顺。《木兰诗》中,前一段选文意在写"木兰跑遍东西南北四个集市,买齐了各种驾驭马的用具",而不是要具体分清哪一样是在哪个集市买的。后一段选文要理解为"将军和壮士们征战十年、身经百战,有的战死沙场,有的荣归故里",才合情合理。否则,按字面直译为"所有的将军都在身经百战后战死沙场了,所有的壮士经过了十年征战全都回到了家乡",未免可笑。

六、用典

用典,即引用古籍中的故事或词句,丰富而含蓄地表达有关的内容和思想,读者理解起来却简洁明确,是一种多见于诗歌中的修辞手法。

— 名篇欣赏 —

永遇乐·京口北固亭怀古

(宋)辛弃疾

千古江山,英雄无觅孙仲谋处。舞榭歌台,风流总被雨打风吹去。斜阳草树,寻常巷陌,人道寄奴曾住。想当年,金戈铁马,气吞万里如虎。

元嘉草草,封狼居胥,赢得仓皇北顾。四十三年,望中犹记,烽火扬州路。可堪回首,佛狸祠下,一片神鸦社鼓。凭谁问,廉颇老矣,尚能饭否?

短短104字中,引用了孙权、刘裕、刘义隆、廉颇四个典故。作者用少年得志的孙权反衬自己60多岁了仍然壮志未酬的哀叹,用刘裕开国的功业暗示自己建功立业的抱负,用刘义隆北伐失败提醒宋皇不可仓促开战,以廉颇自况,表明自己虽然年迈但随时可以为国上阵杀敌的决心。作品言简义丰,达到了作者表意含蓄,读者理解起来却简洁明确的效果。

七、炼字

炼字,又称"炼词"。即根据内容和意境的需要,精心挑选最贴切、最富有表现力的字词来表情达意。炼字的目的在于以最恰当的字词,贴切生动地表现人或事物。(详见第二章第四节)

名篇欣赏

题破山寺后禅院

（唐）常建

清晨入古寺，初日照高林。

曲径通幽处，禅房花木深。

山光悦鸟性，潭影空人心。

万籁此都寂，但余钟磬音。

颈联的"悦""空"二字给大自然赋予了灵性：山间明媚的阳光使鸟儿的心性更加愉悦，潭水中微微晃动的倒影让人心空灵澄澈。悦、空二字在这里是使动用法，意为"使……欢悦""使……空"。大自然中的日光照耀在山林里、小鸟到处乱飞、清澈的潭水，这些本来没有什么新奇的。但是作者却敏锐地捕捉到了这些小细节，从佛法的喜乐、空灵去理解山光和潭水，仿佛山寺中的它们也沾染了佛性，能够让飞鸟欢悦，能够荡涤人们心目中的污垢，使人们心旷神怡，神清气爽。这就使得这整幅画面变得更加灵动、清幽。与颔联构成动静结合的境界，可谓神来之笔。

 ## 第三节 几种常见的写景方式

诗歌多以写景抒情为主,因而千百年来积累了相当丰富的写景手法。其中,常用的有渲染、白描、动静结合、虚实相生、乐景写哀情等。

一、渲染与烘托

渲染、烘托本是国画技法。渲染,是在需要强调的地方浓墨重彩,使画面形象的某一方面更突出。烘托,是用水墨或色彩在物象的轮廓外面渲染衬托,使物象明显突出。在古典诗歌中,渲染就是从正面着意描写,烘托指从侧面着意描写,起一种烘云托月的作用。

—(**名篇欣赏**)—

赋得暮雨送李胄

(唐)韦应物

楚江微雨里,建业暮钟时。

漠漠帆来重,冥冥鸟去迟。

海门深不见，浦树远含滋。

相送情无限，沾襟比散丝。

这首诗用"微雨""暮钟""漠漠""冥冥""浦树含滋"，极力渲染离别时伤感的气氛。细雨湿帆，帆湿而重；飞鸟入雨，振翅不速。虽是写动景，但动中有静：海门、浦树为静，但海门似有波涛奔流，浦树可见水雾缭绕，这又显出相对的动来。丰富的描摹和渲染使整个画面富有立体感，而且无不笼罩在烟雨薄暮之中，无不染上离愁别绪。

苏幕遮·怀旧

（宋）范仲淹

碧云天，黄叶地。秋色连波，波上寒烟翠。山映斜阳天接水。芳草无情，更在斜阳外。

黯乡魂，追旅思。夜夜除非，好梦留人睡。明月楼高休独倚。酒入愁肠，化作相思泪。

上片描写秋景：湛湛蓝天，嵌缀朵朵湛青的碧云；茫茫大地，铺满片片枯萎的黄叶。无边的秋色绵延伸展，融汇进流动不已的江水；浩渺波光的江面，笼罩着寒意凄清的烟雾，一片空蒙，一派青翠。山峰，映照着落日的余晖；天宇，连接着大江的流水。无情的芳草啊，无边无际，绵延伸展，直到那连落日余晖都照射不到的遥遥无际的远方。不但是天、云、落叶、秋水、斜阳、芳草等多个意象的综合运用，画面颜色也非常丰富，是比较经典的运用渲染手法的范例。

二、白描

白描也是国画技法名，指单用墨色线条勾描形象而不藻饰、不渲染烘托的画法。白描用在诗歌表现手法上，主要指用朴素简练的文字描摹形象，不重辞藻修饰与渲染烘托，要求抓住对象的特征，如实地勾勒出人物、事件、景物的情态面貌。

—(名篇欣赏)—

天净沙·秋思

（元）马致远

枯藤老树昏鸦，小桥流水人家。古道西风瘦马。夕阳西下，断肠人在天涯。

短短的二十八字中排列着十种意象，这些意象既是断肠人生活的真实环境，又是他内心沉重的忧伤悲凉的载体。只简单罗列意象的名称，没有太多的形容词做细致的描绘。但也正是因为只有这简单的线条勾勒，才更显得孤单、落寞。从老树到流水，到古道，再到夕阳，作者的视野层层扩大，步步拓开。作者使用白描手法，将这些意象有序地组合成了一幅寂寥、苍凉的画面。

三、动静结合

动静结合是一种以动态描写和静态描写为主的写景方法。静景多指高山、田野、房屋、村庄等,动景多指花开花落、云卷云舒等。在同一首诗歌中,把两者有机结合,交相映衬,就能形成意境和形象的和谐统一,创造出灵动、唯美的艺术境界。

根据对动景与静景的描写侧重点的不同,可分为两大类:二者笔墨分量相当、表意没有侧重的"动静结合",以写静为目的、用动态反衬环境之静的"以动衬静"。

1. 动静结合

—(名篇欣赏)—

山居秋暝

(唐)王维

空山新雨后,天气晚来秋。

明月松间照,清泉石上流。

竹喧归浣女,莲动下渔舟。

随意春芳歇,王孙自可留。

颔联天色已暝,却有皓月当空;群芳已谢,却有青松如盖。山泉清洌,有如一条洁白无瑕的素练,蒙在山石之山在月光下闪闪流淌。

泉水虽然在流动，但看上去却如一层清膜蒙在石头表面，全然一幅幽清明净的静态画面。颈联中写到竹林里传来了一阵阵的欢声笑语，那是一群天真无邪的姑娘洗罢衣服笑逐着归来了；亭亭玉立的荷叶纷纷向两旁披分，掀翻了无数珍珠般晶莹的水珠，那是顺流而下的渔舟划破了荷塘月色的宁静。未见其人先闻其声。颔联的静与颈联的动没有主次之分，共同谱成了一幅和谐美好的生活图景：在这青松明月之下，在这翠竹青莲之中，生活着这样一群无忧无虑、勤劳善良的人。

2. 以动衬静（以声衬静）

―（ 名篇欣赏 ）―

入若耶溪

（南朝梁）王籍

舻舳何泛泛，空水共悠悠。

阴霞生远岫，阳景逐回流。

蝉噪林逾静，鸟鸣山更幽。

此地动归念，长年悲倦游。

这首诗的情形显然与《山居秋暝》不同。由尾联可知，作者早已厌倦常年宦游漂泊的生活，对归隐山林无限向往。那山林的什么特征对作者构成了巨大的吸引呢？是白云出岫、日影逐流的随性，是林静山幽的宁静。显然，这与官场的喧嚣浮躁、追名逐利形成了鲜明的对比。即"静",山静、林静、人静、心静,才是作者最想突出的意境。所以,此处作者写蝉噪、鸟鸣意在反衬环境之静,连这么小的声音都听得一清二楚,实乃静心归隐的绝佳去处。这里的动景就是次要的,是为静景服务的。

四、虚实

虚实结合是指现实的景、事与想象的景、事互相映衬,交织一起表达同样的情感。具体说来,诗歌中的"虚"包括以下几类:联想过去的历史事件,想象过去或未来发生在自己身上的事,想象梦境或生活中不存在的场景,想象对方此时的情境。

1. 联想过去的历史事件

—(**名篇欣赏**)—

念奴娇·赤壁怀古

(宋)苏轼

大江东去,浪淘尽,千古风流人物。故垒西边,人道是,三国周郎赤壁。乱石穿空,惊涛拍岸,卷起千堆雪。江山如画,一时多少豪杰。

遥想公瑾当年,小乔初嫁了,雄姿英发。羽扇纶巾,谈笑间,樯橹灰飞烟灭。故国神游,多情应笑我,早生华发。人生如梦,一尊还酹江月。

上片写作者站在赤壁矶看到的眼前之景：陡峭的石崖直插高空，吓人的大浪头拍打着江岸，激起的浪花像无数堆耀眼的白雪。面对着这雄伟的景象，难怪作者要赞叹不已。下片用"遥想"两个字把我们引向了遥远的过去。少年得志的周瑜，气度雄伟、人才出众。在作者的想象中，周瑜手摇羽毛扇，头戴着配有黑丝带子的头巾（纶巾），风度潇洒，从容指挥，在说笑之间，轻而易举地就把曹操水军战船烧成灰烬。字里行间，倾注了作者对周瑜的由衷赞赏。眼前实景和历史虚景共同反衬了作者人到中年、功业未成的愁思，所以才有早生华发的自嘲，才有看破红尘的伴月痛饮。这首词是苏轼的代表作。虽然结尾流露了消极情绪，但全词无论是虚写还是实写，都气魄宏伟，视野阔大。对壮丽河山的赞美，和对历史英雄人物的歌颂及怀念，构成了豪放的基调。

2. 想象过去或未来发生在自己身上的事

―(名篇欣赏)―

望江南

（五代）李煜

多少恨，昨夜梦魂中。还似旧时游上苑，车如流水马如龙。花月正春风。

开头两句即点明，作者所遗憾的是昨夜的这场梦。后三句则描绘梦境中的昔日繁华。此时的南唐后主李煜早已沦为大宋王朝的阶下囚，但他念念不忘的仍是当年自己作为君王"游上苑"时热闹非凡的景象。南唐坐拥六朝古都金陵，活色生香的都市夜生活令人神往，宝马香车，摩肩接踵，宛若流水、长龙，"车如流水马如龙"用在这里，极为贴切地渲染了上苑车马的喧闹和游人的兴会。紧接着一句充满赞叹情味的结尾"花月正春风"，象征着李煜生活中最美好、最无忧无虑、春风得意的时刻，将梦游之乐推向最高潮。而词却就在这高潮中陡然结束了，因为梦醒后所面对的残酷现实常使他倍感难堪，更反衬出昨夜梦中的繁华早已随风而逝。作者对过去生活的想象是虚写，梦醒后浓重的悲哀是实写，以梦回故国的欢乐反衬现实中的亡国之恨，收到了乐景写哀情的艺术效果。

雨霖铃

（宋）柳永

寒蝉凄切，对长亭晚，骤雨初歇。都门帐饮无绪，留恋处，兰舟催发。执手相看泪眼，竟无语凝噎。念去去、千里烟波，暮霭沉沉楚天阔。

多情自古伤离别，更那堪、冷落清秋节。今宵酒醒何处？杨柳岸、晓风残月。此去经年，应是良辰好景虚设。便纵有、千种风情，更与何人说？

《雨霖铃》的上片描绘了一对有情人不得不别的情景：紧握双手，泪眼相对，谁也说不出一句话来。这两句把彼此悲痛、眷恋而又无可奈何的心情写得淋漓尽致。下片想象分别后的情形：先是后半夜酒醒后的心境，也是作者漂泊江湖的感受。晓风凄冷，写别后的寒心；残月破碎，写此后难圆之意。这几句景语将离人凄楚惆怅、孤独忧伤的感情表现得十分充分、真切，创造出一种特有的意境。再从此后长远设想：漫长的孤独日子怎么挨得过呢？纵有良辰好景，也等于虚设，因为再没有心爱的人与自己共赏；再退一步，即便对着美景，能产生一些感受，但又能向谁去诉说呢？总之，一切都提不起兴致了。正是由于有了虚写未来情形的这几句，才把词人的思念之情、伤感之意刻画到了细致入微、至尽至极的地步，也传达出彼此关切的心情。

3. 想象梦境或生活中不存在的仙境

−（ 名篇欣赏 ）−
破阵子·为陈同甫赋壮词以寄之
（宋）辛弃疾

醉里挑灯看剑，梦回吹角连营。八百里分麾下炙，五十弦翻塞外声。沙场秋点兵。　　马作的卢飞快，弓如霹雳弦惊。了却君王天下事，赢得生前身后名。可怜白发生！

这首词由眼前实景入手，挑灯看旧时宝剑，瞬间魂魄飞回仗剑许国的军营生活。梦中，沙场点兵，将军率领铁骑，快马加鞭，神速奔赴前线，弓弦雷鸣，万箭齐发。一霎时战斗结束，凯歌交奏，欢天喜地，旌旗招展。然而最后，作者却发出了"可怜白发生"的长叹，一下子回到现实，从感情的高峰猛地跌落下来。大气磅礴的梦境与报国无门的现实形成了鲜明的对比，这种先由实入虚，再由虚入实的巧妙写法，也正表现了辛词的豪放风格和他的独创精神。

梦游天姥吟留别

（唐）李白

……列缺霹雳，丘峦崩摧。洞天石扉，訇然中开。青冥浩荡不见底，日月照耀金银台。霓为衣兮风为马，云之君兮纷纷而来下。虎鼓瑟兮鸾回车，仙之人兮列如麻。忽魂悸以魄动，恍惊起而长嗟。惟觉时之枕席，失向来之烟霞。世间行乐亦如此，古来万事东流水。别君去兮何时还？且放白鹿青崖间，须行即骑访名山。安能摧眉折腰事权贵，使我不得开心颜！

李白被长安的权贵排挤出京，"赐金放还"家园。政治上遭受挫折的愤怨郁结于怀，之后再度踏上漫游的旅途。这首诗即描绘了梦中游历天姥山的情形：在幽深的暮色中，一个闪电如霹雳而来，霎时间"丘峦崩摧"，一个神仙世界"訇然中开"于眼前——洞天福地，金碧辉煌，仙人们披彩虹为衣，驱长风为马，虎为之弹琴，鸾为之驾车，皆受命于诗人之笔，奔赴仙山的盛会来了。这是多么盛大而热烈的场面!然而仙境倏忽消失,梦境旋亦破灭,诗人终于在惊悸中返回现实。梦境破灭后,人不是随心所欲轻飘飘地在梦幻中翱翔了,而是沉甸甸地躺在枕席之上。"古来万事东流水",其中包含着诗人对人生的几多失意和深沉的感慨。虚写梦境的雄奇瑰丽与现实生活的平淡失意形成鲜明的对比,催生出愤愤然的直抒胸臆,"安能摧眉折腰事权贵,使我不得开心颜!"一吐长安三年的郁闷之气。向整个朝廷投过去一瞥高傲的蔑视。

4. 想象对方此时的情境

清代浦起龙《读杜心解》评杜甫《月夜》诗云:"心已驰神到彼,诗从对面飞来。"特别称赏杜诗为表达自己思念亲人之情,却想象家人思念自己的独特视角。这种"诗从对面飞来"的艺术手法,古代诗词中经常运用,有很好的艺术效果。至今读来,犹为其艺术魅力所陶醉。

—(名篇欣赏)—

月夜

(唐)杜甫

今夜鄜州月,闺中只独看。

遥怜小儿女,未解忆长安。

香雾云鬟湿,清辉玉臂寒。

何时倚虚幌,双照泪痕干。

对月思亲乃人之常情，大师杜甫也不例外。然而诗人先不提自己的思念之苦，只想象远方家中妻子独自看月，雾湿云鬟，月寒玉臂，望月愈久而忆念愈深，进一步表现"忆长安"的主题。当想到妻子忧心忡忡、夜深不寐的时候，自己也不免伤心落泪。两地看月而各有泪痕，这就激起了作者结束这种痛苦生活的希望；于是以表现希望的诗句作结："何时倚虚幌，双照泪痕干？""双照"而泪痕始干，则期盼团圆之意早已跃然纸上。

九月九日忆山东兄弟

（唐）王维

独在异乡为异客，每逢佳节倍思亲。

遥知兄弟登高处，遍插茱萸少一人。

《九月九日忆山东兄弟》前两句写作者独自漂泊在外，所以在重阳佳节倍感思念远方的亲人。然而后两句笔锋一转，想象家中兄弟们也会在登高望远之际万分思念自己。这种互相思念的情谊就显得更真实、更深切。

夜雨寄北

（唐）李商隐

君问归期未有期，巴山夜雨涨秋池。

何当共剪西窗烛，却话巴山夜雨时。

这是一封寄往北方家里的书信。开篇絮絮说着家常：归期未定，夜雨绵绵，充满了平淡的生活气息。然而后两句构思精巧：想象着某一天回到家中，夫妻二人缠绵于闺阁窗前，剪烛夜话，诉说的居然是今日巴山夜雨中我对你无尽的思念。那叙不完的离情，言不尽的重逢喜悦，刚好反衬了今日独自倾听秋雨时的寂寥之苦。这巧妙的时空转换，真乃神来之笔！

五、乐景写哀情

以美乐景物烘托哀愁的反衬手法。衬托，《现代汉语词典》解释为：为了使事物的特色突出，把另一些事物放在一起来陪衬或对照。依此解释，我们可以这样理解：衬托中事物有主要和次要之分，为了表现主要事物，用次要事物来陪衬或对照。在古典诗歌中，为了表达思想感情的需要，诗人往往借助于一些景物（意象）来表达，思想感情是主要事物，景象（意象）是次要事物。杜甫《春望》"感时花溅泪，恨别鸟惊心"，《登楼》"花近高楼伤客心，万方多难此登临"，都是眼前乐景衬托并加深了诗人忧国多难的哀愁。

—（**名篇欣赏**）—

绝句

（唐）杜甫

江碧鸟逾白，山青花欲燃。

今春看又过，何日是归年？

这首诗是写美景衬哀思的好诗。江碧、鸟白、山青、花红，春意浓郁，可是暮春将尽，在此"匆匆春又归去"的时刻，欲归不能的诗人却加深了漂泊之感和故乡之思。

谒金门

（清）纳兰性德

风丝袅，水浸碧天清晓。一镜湿云青未了，雨晴春草草。

梦里轻螺谁扫，帘外落花红小。独睡起来情悄悄，寄愁何处好？

上片是景语，明净而优美。"风丝袅，水浸碧天清晓。"寥寥数字便写出了春日的美好景色，"湿云"指刚下过雨的晴天显得湿润怡人，词人将仿佛还没干透的天气写入词中，别有韵味。下片以一句疑问为开端，开始写心情。"梦里轻螺谁扫"，点明烦恼的缘由，他在担忧、惦念着一位佳人。当外面落红开始，作者的情思不得不拉回现实。清晨醒来，孤独一人，连一腔闲情都不知该如何寄托，只能是付与诗词之中，聊以慰藉。这真是让人忧伤的事情！至此，春景越美，如若无人与共，就越能反衬出作者内心的孤寂情怀。这就是乐景写哀情的力量。

第四节 常见的抒情方式

"诗者,吟咏性情也。"抒情是诗歌的根本特征,抒情方式就是抒发感情的形式。一般来说,可以分为直接抒情、间接抒情两类。直接抒情也叫直抒胸臆。间接抒情又分为借景抒情、寓情于景情景交融、托物言志三种。

一、直接抒情

直接抒情也叫直抒胸臆。胸臆即胸腔,内心,引申为心意。直接抒情就是直率地抒发自己的思想感情,是直接对有关人物和事件表明爱憎态度的抒情方式。

《诗经》和乐府民歌常常采用直接抒情的方式。比如,"窈窕淑女,君子好逑"(《周南·关雎》)直接说出了君子很是思慕自己心仪的姑娘;"知我者谓我心忧,不知我者谓我何求。悠悠苍天,此何人哉?"(《王风·黍离》)直露而真率地抒发了诗人内心沉重而深广的忧伤;"上邪!我欲与君相知,长命无绝衰。山无陵,江水为竭,冬雷震震,夏雨雪,天地合,乃敢与君绝。"(《乐府诗集·鼓吹曲辞》)

写一位女子对"君"剖白心迹，直接表达了少女至真、至善、至烈的爱情，显得坦荡、真率而震撼人心。再如陈子昂《登幽州台歌》"前不见古人，后不见来者。念天地之悠悠，独怆然而涕下"，以慷慨悲凉的基调，通过登幽州台直接表达了诗人功业难就、空怀壮志的悲愤和失意苦闷的情怀。

二、间接抒情

间接抒情是把感情融于形象之中，借助具体的人、事、物、景，使抽象的主观感情客观化、形象化，使其成为可以被观赏者再体验的对象的写作方法。中国古代诗歌的创作十分讲究含蓄、凝练。诗人在处理情感时一般不是直接抒情，而是言在此意在彼，叙事则因事缘情，写景则借景抒情，咏物则托物言志，记史则咏史抒怀。

1. 借景抒情

顾名思义，借由写景来抒发感情，那么景物描写和作者此时的情感就都要出现。

如杜甫《春望》："国破山河在，城春草木深。感时花溅泪，恨别鸟惊心。"诗人通过对花鸟草木的描写来抒发战乱的忧愤、离散的感伤。

如刘禹锡《石头城》："山围故国周遭在，潮打空城寂寞回。淮水东边旧时月，夜深还过女墙来。"诗人把石头城放到沉寂的群山中写，放在带凉意的潮声中写，放到朦胧的月夜中写，这样尤能显示出故国的没落荒凉。只写山水明月,而六代繁荣富贵,俱归乌有。

再如元稹《闻乐天授江州司马》:"残灯无焰影幢幢,此夕闻君谪九江。垂死病中惊坐起,暗风吹雨入寒窗。"元稹被贬谪他乡,又身患重病,心境本来就不佳。现在忽然听到挚友也蒙冤被贬,内心更是极度震惊,万般怨苦,满腹愁思一齐涌上心头。以这种悲凉的心境观景,一切景物也都变得阴沉昏暗了。首尾两句,以哀景抒哀情,一个"惊"字,又把作者的震惊、痛苦和愤怒清晰地表达了出来。

名篇欣赏

晚登三山还望京邑

(南北朝)谢朓

灞涘望长安,河阳视京县。
白日丽飞甍,参差皆可见。
余霞散成绮,澄江静如练。
喧鸟覆春洲,杂英满芳甸。
去矣方滞淫,怀哉罢欢宴。
佳期怅何许,泪下如流霰。
有情知望乡,谁能鬒不变?

此诗写登山临江所见到的春晚之景以及遥望京师而引起的故乡之思。前两句交代离京的原因和路程。中六句写景,描绘登山所望见的景色,写尽满城的繁华景象和京都的壮丽气派。其中尤以"余霞散成绮，澄江静如练"二句为佳。白日西沉，灿烂的余霞铺满天空，犹如一匹散开的锦缎，清澄的大江伸向远方，仿佛一条明净的白绸。这一对比喻不仅色彩对比绚丽悦目，而且"绮""练"这两个喻象给人以静止柔软的直觉感受，也与黄昏时平静柔和的情调十分和谐。后六句写情，抒发人生感慨。即：由眼前对京城的依恋之情，想到此去之后还乡遥遥无期，泪珠像雪糁般散落在胸前，感情便再起一层波澜。"有情知望乡，谁能鬒不变"则又由自己的离乡之苦推及一般人的思乡之情：人生有情，终知望乡。

全诗既有写景，又有相对明确的抒情："怀""怅""泪下""有情""望乡"，都是正面表达诗人思乡之情的字句。有抒情的字句，是借景抒情的基本特征。

2. 寓情于景情景交融

寓情于景情景交融是指作者带着强烈的主观感情去描写客观景物，把自身所要抒发的感情、自己所要表达的心情寄寓在此景此物中，仅仅通过描写此景此物来抒发，并不出现表达情感的词句。这种抒情方式的特点是"景生情，情生景"，景物沾染了人的情感色彩，即王国维说的"一切景语皆情语"。

在中国古代诗歌中，松、竹、梅、兰、山石、溪流、沙漠、古道、边关、落日、夜月、清风、细雨和微草等，常常是诗人寄寓情感的对象。如白居易的"野火烧不尽，春风吹又生"借"原上草"的顽强抗争，尽情抒发对自然规律不可抗拒的赞叹。

— 名篇欣赏 —

惠崇春江晚景

（宋）苏轼

竹外桃花三两枝，春江水暖鸭先知。

蒌蒿满地芦芽短，正是河豚欲上时。

江畔独步寻花

（唐）杜甫

黄四娘家花满蹊，千朵万朵压枝低。

留连戏蝶时时舞，自在娇莺恰恰啼。

这两首绝句都只字未提"情"，只一味描摹"春江晚景图"的画面和黄四娘家开满鲜花的小径引来了无数蜂蝶莺鸟。但景写得优美婉转，所以作者愉悦的心情也就如在眼前了。不提"情"，却景中含情，字字皆有情，即是"寓情于景，情景交融"的精髓。

3. 托物言志

托物言志就是通过对物品的描写和叙述，表现自己的志向和意愿，也称寄意于物。一般是指诗人运用象征或起兴等手法，通过描摹客观事物的某一个方面的特征来表达作者情感或揭示作品的主旨。托物言志这类古代诗词，常源于诗人对某一特定事物内在意义的直觉感悟，之后再将这种直觉的感悟进行提炼并完善，最终形成单一而明显的主旨。诗人借自然界中的某物自身具有的特征,来表达某种志向或情感,诗中的物带有了人格化的色彩。

如虞世南的《蝉》:"垂緌饮清露,流响出疏桐。居高声自远,非是藉秋风。"诗中三、四句借蝉声远传的独特感受,道出了蕴含的真理,也就是立身品格高洁的人,不需要某种外在的凭借,自能声名远播,从而表达出对人的内在品格的热情赞颂和高度自信。

王安石的《北陂杏花》:"一陂春水绕花身,花影妖娆各占春。纵被春风吹作雪,绝胜南陌碾作尘。"杏花,绚丽而脱俗,傍水杏花,更是风姿绰约,神韵独绝。本诗写临水开放的杏花,是一首咏物诗,更是作者淡然心境,高洁人格,宁为玉碎,不为瓦全的倔强个性的体现。

—(名篇欣赏)—

卜算子·咏梅

(宋)陆游

驿外断桥边,寂寞开无主。已是黄昏独自愁,更著风和雨。

无意苦争春,一任群芳妒。零落成泥碾作尘,只有香如故。

此词以梅花自况,咏梅的凄苦以泄胸中抑郁,感叹人生的失意坎坷;赞梅的精神又表达了青春无悔的信念以及对自己爱国情操及高洁人格的自许。上片集中写了梅花的困难处境,它也的确还有"愁"。下片写梅花的灵魂及生死观。梅花生在世上,无意于炫耀自己的花容月貌，也不肯媚俗与招蜂引蝶，所以孤独地在冰天雪地里开放。但是这样仍摆脱不了百花的嫉妒，可能会被认为"自命清高""别有用心"甚至是"出洋相"……整首词只字未提诗人自己不为世间所容的苦恼，却字字可见诗人孤高傲世的品格。这就是托物言志这一手法"不着一字尽显风流"的妙处。

三、牛刀小试

本章分别从选材、修辞、写景、抒情四个角度，介绍了诗歌创作的几种基本技巧。初学者可以在读前人的诗作时，有意识地辨识、学习这些手法。也可以尝试在自己的习作中运用。但从看懂这些技巧，到试着运用，再到最终信手拈来、自由组合，需要一个漫长的过程。初学者不必急于求成，可以先从阅读、辨识、赏析上述艺术手法在前人诗歌作品中的应用入手，逐渐领悟，逐渐熟悉。

（一）阅读下面的诗歌，然后回答问题。

漫成一绝

（唐）杜甫

江月去人只数尺，风灯照夜欲三更。

沙头宿鹭联拳静，船尾跳鱼拨剌鸣。

1. 首句"江月去人只数尺"与"江清月近人"这句诗异曲同工，试作分析。

2. 诗歌后两句作者是怎样写景的？表达了作者怎样的思想感情？

（二）阅读下面的诗歌，然后回答问题。

邯郸冬至夜思家

（唐）白居易

邯郸驿里逢冬至，抱膝灯前影伴身。

想得家中夜深坐，还应说着远行人。

问题：简要分析作者是怎样写"思家"的？

（三）阅读下面这首宋诗，完成各题。

闻武均州报已复西京

（唐）陆游

白发将军亦壮哉，西京昨夜捷书来。

胡儿敢作千年计，天意宁知一日回。

列圣仁恩深雨露，中兴赦令疾风雷。

悬知寒食朝陵使，驿路梨花处处开。

【注】武均州：即武巨。当时武巨任果州团练使，知均州，兼管内安抚使，节度忠义军。西京：指洛阳。朝陵使：朝祭陵墓的使者。北宋诸代皇帝的陵墓皆在西京，收复西京后即可派朝陵使前往祭扫。

1. 下列关于这首诗的赏析和理解，不正确的一项是（　　）

A. 首联写得知捷报后兴奋不已，挥笔喜赋此诗，歌颂白发将军武巨收复西京的壮举，感佩武将军老当益壮，雄心犹存。

B. 颔联用"千年计"和"一日回"进行对比，强调天道正义在南宋一方，金主想千年统治中原的计谋终成迷梦，一朝破灭。

C. 颈联运用"疾风雷"的比喻，形象地写出了国家中兴的赦令会像风雷一样迅速颁布到收复的西京，安抚归顺后的臣民。

D. 本诗和杜甫的《闻官军收河南河北》的感情同中有异，相同的是都有收复失地的快意，不同的是本诗含有自己功业无成的伤感。

2. 这首诗的尾联广受后人的称道，请赏析这一联的精妙之处。

（四）阅读下面这首宋诗，完成各题。

雨晴后步至四望亭下鱼池上，遂自乾明寺前东冈上归二首（其一）

（宋）苏轼

雨过浮萍合，蛙声满四邻。

海棠真一梦，梅子欲尝新。

拄杖闲挑菜，秋千不见人。

殷勤木芍药，独自殿余春。

【注】这首诗写于作者被贬黄州期间。木芍药：牡丹花。殿：在最后。

1. 下列对这首诗的赏析，不正确的一项是（　　）

A. 第一句扣诗题"雨晴"，第二句以"蛙声"写出了雨后初晴的景物特点。

B. 海棠花已凋谢，如梦一样难觅踪影，表达了作者对海棠生命短暂的悲叹。

C. 作者以"梅子欲尝新"暗示季节的更迭，"欲"在这里是快要、而不是想要的意思。

D. 作者看似悠闲，实则孤寂，这可以从"拄杖挑菜"的细节描写中看出。

2. 尾联用了哪些表现手法，分别表达了作者怎样的感情？请简要分析。

（五）阅读下面这首宋诗，完成下列小题。

风雨中诵潘邠老诗

（宋）韩淲

满城风雨近重阳，独上吴山看大江。

老眼昏花忘远近,壮心轩豁任行藏。

从来野色供吟兴,是处秋光合断肠。

今古骚人乃如许,暮潮声卷入苍茫。

【注】 潘邠(bīn)老:北宋诗人潘大临,字邠老,其诗句"满城风雨近重阳"名闻遐迩。后世多有借此句续诗成篇者。韩淲(biāo):南宋诗人,有高节,从仕不久即归乡,作此诗时年约40岁。吴山:在浙江杭州城内。行藏:语出《论语·述而》"用之则行,舍之则藏",后多指出仕及归隐。

1. 下列对这首诗的赏析,不正确的一项是( )

A. 诗人在重阳节前登吴山,正逢风雨,前人的诗意与自己眼前的景象恰相吻合,于是即景生情,落笔成章,虽直引前人成句入诗,但妙合无垠,别成佳作。

B. 第三句写自己虽在中年,却已有年届晚境之感,老眼昏花,健忘到记不清行路,索性不再把远近放在心上。既有岁月催人老的悲慨,又有不戚戚于此的超然。

C. 第四句紧承上句,抒写胸臆,说自己虽然年老体衰,但胸怀坦荡,壮心尚存,全句呈现激扬的情绪,但"任"字的使用也流露出不能自主决定命运的无奈。

D. 第三联写自然风光每每让人诗兴大发,而眼前这派秋景,却只带给诗人无尽的痛苦感伤。两句一放一收延续上联的跌宕之势,颇有杜诗顿挫之风。

2. 论者谓此诗尾联有"文已尽而意无穷"之妙，请结合诗句具体赏析。

（六）阅读下面这首诗，完成下列题目。

至后

（唐）杜甫

冬至至后日初长，远在剑南思洛阳。

青袍白马有何意，金谷铜驼非故乡。

梅花欲开不自觉，棣萼一别永相望。

愁极本凭诗遣兴，诗成吟咏转凄凉。

【注】 这首诗作于安史之乱后的第二年冬至前后，当时诗人正在蜀地做严武的幕僚，心情十分低落。诗人青少年时期在洛阳度过。金谷、铜驼：指金谷园、铜驼陌，皆洛阳胜地。棣萼：出于《诗经·小雅·常棣》"棠棣之华，萼不韡韡（wěi，光明华美的样子）。凡今之人，莫如兄弟"。

1. 下列对本诗的理解和赏析，不正确的一项是（ ）

A. 冬至之后，白日渐长，诗人身在蜀地，心思洛阳，于是作诗遣怀。

B. "青袍白马"运用借代手法，代指安史之乱的叛军。诗人思念洛阳，不禁想到叛军攻入洛阳的情景。

C. 金谷园、铜驼陌皆是洛阳胜地,但因受到战争破坏,早已物是人非。

D. "棣萼"一句运用典故,以"棣萼"喻兄弟,引发读者联想,增强了诗歌的韵味。

2. 诗人在尾联直抒胸臆,写自己心境"转凄凉",请结合全诗分析其原因。

(七)阅读下面这首唐诗,完成下列题目。

行经华阴

(唐)崔颢

岧峣太华俯咸京,天外三峰削不成。

武帝祠前云欲散,仙人掌上雨初晴。

河山北枕秦关险,驿路西连汉畤平。

借问路傍名利客,何如此处学长生。

【注】汉畤(zhì):汉帝王祭天地、五帝之祠。畤:古代祭祀天地五帝的固定处所。长生:隐居山林,求仙学道,寻求长生不老。

1. 下列对这首诗的赏析,不正确的一项是(　　)

A. 诗题"行经华阴",必有所往。所往之地,便是求名求利的集中地"咸京";太华、三峰、武帝祠等即为京都附近名胜。

B. 诗的前六句全为写景。由总而分,由此及彼,有条不紊。起句气势不凡，以神仙岩穴的华山压倒王侯富贵的京师。

C. 首联写远景，颔联摄近景。远近相间，景色沁脾，自然美妙，令人移情，为尾联"何如此处学长生"的发问作了铺垫。

D. 颈联浮想联翩，写意雄宏。诗人在华山下，看到黄河与秦关，驰骋想象，虚实相生，描绘出一幅雄伟壮阔的画面。

2. 诗歌抒发了怎样的情感？从全诗着眼最主要的表现手法是什么？

（八）阅读下面这首诗，完成下面小题。

古风·碧荷生幽泉

（唐）李白

碧荷生幽泉，朝日艳且鲜。秋花冒绿水，密叶罗青烟。秀色空绝世，馨香为谁传。坐看飞霜满，凋此红芳年。结根未得所，愿托华池边。

【注】 此诗作于李白应诏入京为官之前。

1. 下列对本诗的理解，不正确的一项是（　　）

A. 写荷之美，先总写其"艳""鲜"，然后分写"花""叶""色""香"，并用"幽泉""朝日""绿水""青烟"加以衬托。

B. 三、四两句中"冒""罗"二字用得巧妙："冒"赋予出水芙蓉以动态美；"罗"将青烟笼罩绿叶的形态写得生动传神。

C. "坐看飞霜满，凋此红芳年"用了拟人的手法，写芬芳艳丽的荷花，尽管无比美丽，也只能在满天飞霜中无奈凋零。

D. 诗歌语言清新自然，节奏轻快，充满奇特的想象和夸张，极富抒情性，体现了李白诗歌浪漫主义风格。

2. 这首咏物诗，表达了诗人哪些情感？请简要分析。

参考答案

（一）

1. 都写了月影靠人很近，同时写出江水清澈；境界都是宁静安谧的。

2. 以动衬静，动静结合（对比、衬托也对）。白鹭屈曲着身子，恬静地夜宿在月照下的沙滩上，意境安谧；忽然船尾传来"拨刺"的声响，大鱼跃出水面，末句写动、写声，以动、声衬静，愈见其静；极力突出了江上月夜最有特点同时又最富于诗意的情景。透露出诗人对平静、安宁生活的向往；对自然界小生命的热爱。

（二）

后两句不直接写自己如何思家，而是想象家人冬至夜深时分还围坐在灯前，谈论着自己这个远行之人，以此来表现"思家"。与前两句实写自己在灯下抱膝而坐思念家乡亲人，构成虚实结合的呼应关系。

（三）

1. D 2. 尾联运用了想象（虚实相生）和寓情于景情景交融的手法。诗人想象收复西京后，在来年的寒食节朝廷派出的祭扫宋先帝陵墓的使者，将通过梨花盛开的驿道而到达洛阳。"驿路梨花处处开"画面优美，充满诗意，形象而细腻地表达了诗人对收复失地、恢复中原的喜悦之情，令人回味无穷。

（四）

1. B（"表达了作者对海棠生命短暂的悲叹"错，应该是表达对春天易逝的惜春伤春之情。）

2. 拟人："殷勤""独自殿"等词语赋予"木芍药"以人的感情，表达了作者的感激与赞美。对比：木芍药与上文的海棠、梅子对比，体现了"木芍药"善解人意，延续保持春光到最后的特点。借物抒情：借对木芍药的感激与赞扬，表达自己惜春而不得的伤春之情。

（五）

1. C 2. 尾联运用寓情于景情景交融的手法，用"今古骚人乃如许"收束前三联的万千感慨，但又不具体点明，只用"乃如许"三字概括；而尾联后一句也不解说这如许的感受究竟为何，而是宕开一笔，以眼前的苍茫暮色和耳畔的澎湃江潮收束全诗，拓展诗歌意境，给读者回味、思考的空间，使情感表达含蓄蕴藉，产生"言已尽而意无穷"的艺术效果。

（六）

1. B（"青袍白马"代指幕府生活，此句表现了诗人身居闲官卑位的不得志处境。)

2. 身处闲官卑位,有志不得伸,心情落寞;眷恋故乡,有乡不得归,身在四川,心在洛阳;国家局势动荡、故乡物是人非,心感悲哀;思念远在洛阳的兄弟朋友。

(七)

1. D("诗人在华山下,看到黄河与秦关"错误,在华山下,同时看到黄河与秦关是不可能的,这里有想象,虚写,而非全"看到"。)

2. 诗歌描写了祖国山河的壮美瑰丽,抒发了诗人对奔走名利者的不齿以及对学道求仙的向往之情。借景抒情,全诗打破了律诗的起承转合的格式,别具神韵,前三联虽有层次先后,却全为写景,尾联笔锋一转,感叹自己奔波于仕途;但诗人没有直说,反向旁人劝喻,导出"何如学长生"的诗旨,隐约曲折。

(八)

1. D 2. 作者托物言志,表达了对自己高洁品性的自信。写荷花秀丽的花容、清香的气息绝世空前,暗示了自己才高道洁。写荷花,纵然有绝世的美丽,但因"结根未得所",无人为它传递馨香,只能凋零,感慨自己空有才华,却因没人举荐不能建功立业,坐看年华流逝。表达了作者对得到朝廷重用的渴望。结尾"愿托华池边"表达了作者希望自己也像荷花一样生长在华美的池子里,期盼得到举荐和朝廷垂青(重用)。

　　我们在读古诗词的名篇佳作时，常常会感觉到不同的艺术风格：有的绚丽华美，有的清新自然，有的雄浑豪迈，有的婉约含蓄。作为读者，能笼统地感知到这种风格上的差异就可以了。而作为创作者，则要深究这些艺术风格是如何形成的，进而明确自己在具体的创作过程中，要想达到某种艺术效果，可以通过何种手段和途径做到。也就是说，读者对诗歌的艺术效果只需要"知其然"，而创作者要"知其所以然"。

　　那么，到底是什么决定了一首诗读起来的感觉呢？一般来讲，影响诗歌艺术效果的因素主要有三大方面：诗歌的内容和意境、诗歌的体裁和语言、作者的修养和艺术追求。

第五章

诗歌创作的艺术风格

诗歌的内容和意境

通常，当一件事或一个场景触发了一位作者的创作灵感，他在内心里所要抒发的情感和为这个情感所选定的描写意象，以及这二者最终共同构建的意境，就决定了这首诗的艺术基调。

一、诗歌的内容

古典格律诗常常涉及的内容有：送别诗、怀古（咏史）诗、边塞诗、山水田园诗、羁旅行役诗、闺怨诗、咏物诗等。诗人根据自己所要抒写的内容和情感，选择相应的意象，这些意象本身就带有一定的情感色彩，因而诗歌的情感色彩也就随之显现出来了。

1. 送别诗

古代由于交通不便，通信极不发达，亲人朋友之间往往一别数载难以相见，所以古人特别看重离别。离别之际，人们往往设酒饯别，折柳相送，有时还要吟诗话别，因此离情别绪就成为古代文人一个永恒的主题。因各人的情况不同，故送别诗所写的具体内容及思想倾向往往有别。有的直接抒写离别之情,有的借以一吐胸中积愤或表明心志,有的重在写离愁别恨,有的重在劝勉、鼓励、安慰,有的兼而有之。

―（名篇欣赏）―

芙蓉楼送辛渐

（唐）王昌龄

寒雨连江夜入吴,平明送客楚山孤。

洛阳亲友如相问,一片冰心在玉壶。

这首送别诗选取了寒雨、江水、夜色、孤山等一系列凄凉萧索的意象,勾画出一幅水天相连、浩渺迷茫的吴江夜雨图,也渲染出了离别的黯然气氛。诗人因离情萦怀而一夜未眠的情景也自可想见。

2. 怀古（咏史）诗

士大夫阶层的家国情怀最容易在怀古、咏史中体现。这类诗歌一般借怀念历史人物和事迹抒发诗人对当下政治生活的不满、对国家前途的担忧,或山河依旧、物是人非的怅惘。

―（名篇欣赏）―

石头城

（唐）刘禹锡

山围故国周遭在,潮打空城寂寞回。

淮水东边旧时月，夜深还过女墙来。

这首怀古诗写了山、水、明月和城墙等荒凉景色，月是旧时的，潮是寂寞的，这落寞寂寥的景色之中，寄寓着诗人对六朝兴亡和人事变迁的慨叹，悲凉之气笼罩全诗。诗人在藩镇割据、危机四伏的中唐时期写下这首怀古诗，很有借六朝兴亡旧事讽今的现实意义。

3. 边塞诗

以边塞、战争为题材的诗，可以上溯到《诗经》，可谓历史悠久。到了唐代，读书人也大都习武，积极用世、昂扬奋进的时代气氛使很多读书人投笔从戎。但当他们真正走向大漠边陲时，又忍不住用手中的笔记录下那书斋中前所未见的壮丽奇景。于是豪迈壮阔的边塞诗便迅速发展成熟起来了，形成一个新的诗歌流派，其代表人物是高适、岑参、王昌龄。

—（ 名篇欣赏 ）—
从军行

（唐）王昌龄

青海长云暗雪山，孤城遥望玉门关。
黄沙百战穿金甲，不破楼兰终不还。

诗人在开篇描绘了一幅壮阔苍凉的边塞风景，概括了西北边陲的状貌：青海湖上的天空，长云遮蔽，湖北面绵延着的雪山隐约可见，翻过雪山，就是河西走廊荒漠中的孤城，再往西，就可以看到玉门关了。"黄沙"二字突出了西北战场的特征，"百战"而至"穿金甲"，可以想见战斗之艰苦惨烈，以及"白骨掩蓬蒿"式的壮烈牺牲。但尽管如此，将士的报国壮志却并没有消磨掉，反而在大漠风沙的磨炼中变得更加坚定了。"不破楼兰终不还"，就是身经百战的将士们豪壮的报国誓言。

4. 山水田园诗

东晋陶渊明开田园诗先河，发展到唐代，形成了成熟的山水田园诗派，代表人物是王维、孟浩然。山水田园诗以描写自然风光、农村景物以及安逸恬淡的隐居生活见长，诗境隽永优美，风格恬静淡雅，语言清丽洗练。

―（名篇欣赏）―

辋川闲居赠裴秀才迪

（唐）王维

寒山转苍翠，秋水日潺湲。

倚杖柴门外，临风听暮蝉。

渡头余落日，墟里上孤烟。

复值接舆醉，狂歌五柳前。

首联和颈联，诗人选择富有季节和时间特征的景物：苍翠的寒山、缓缓的秋水、渡口的夕阳、墟里的炊烟，有声有色，动静结合，勾勒出一幅和谐幽静而又富有生机的田园山水画。诗的颔联和尾联写诗人与裴迪的闲居之乐。倚杖柴门，临风听蝉，把诗人安逸的神态、超然物外的情致，写得栩栩如生；醉酒狂歌，则把裴迪的狂士风度表现得淋漓尽致。

5. 羁旅行役诗

古人为求得功名光宗耀祖，往往或久宦在外，或长期流离漂泊，或久戍边关，总会引起浓浓的思乡怀人之情，所以这类诗文就特别多。诗中或写羁旅之思，或写思念亲友，或写征人思乡，是古代诗歌中诗人自己的个人情感表达最真切、最深沉的一类。

—（**名篇欣赏**）—

商山早行

（唐）温庭筠

晨起动征铎，客行悲故乡。
鸡声茅店月，人迹板桥霜。
槲叶落山路，枳花照驿墙。
因思杜陵梦，凫雁满回塘。

首联即明确指出这是一曲征人思乡的悲歌。颔联是脍炙人口的名句：两句诗皆用名词，代表了十种景物：鸡、声、茅、店、月、人、迹、板、桥、霜。出句五个字，便把旅客住在茅店里听见鸡鸣就爬起来看天色、看见天上有月亮就收拾行囊准备赶路等很多内容都绘声绘色地表现了出来。同样，对句的板桥、霜和霜上的人迹也都是具有特征性的景物。雄鸡报晓，夜色朦胧时，诗人就起床出发，没想到此时外面已经到处都是人迹，自己已经不算早行了。这两句将早行的情景写得有声有色，形象生动，历历在目。尾联与"客行悲故乡"首尾照应，梦中的故乡景色与旅途上的景色形成鲜明的对照。眼里看的是"槲叶落山路"，心里想的是"凫雁满回塘"。"早行"之景与情都得到了完美的表现。

6. 闺怨诗

闺怨诗主要抒写古代民间弃妇和思妇（包括征妇、商妇、游子妇等）的忧伤，或者少女怀春、思念情人的感情。这种诗，有的是女人自己写的，还有一些是男人模拟女人的口气写的。女性本身就具有诗的气质，感情细腻，容易入诗，加上些幽怨，就更让人哀怜了。

―（**名篇欣赏**）―

闺怨

（唐）王昌龄

闺中少妇不知愁，春日凝妆上翠楼。

忽见陌头杨柳色，悔教夫婿觅封侯。

诗人从"不愁"起笔，用春日梳妆打扮登楼赏景的行动具体展示闺中少妇的"不愁"，看来这位女主人公正当青春年少，还没有经历多少生活波折，并且家境应该比较优裕。然而接下来笔锋一转，少妇见到春风拂动下的杨柳，大约联想到了平日里的夫妻恩爱、与丈夫惜别时的深情，而眼前这大好春光却无人与她共赏，自己的美好年华也在孤寂中一年年消逝……于是少妇心中那沉积已久的幽怨、离愁和遗憾便一下子倾泻出来，"悔教夫婿觅封侯"便成为自然流淌出的情感。

7. 咏物诗

咏物诗往往是托物言志的。由物到人，由实到虚，写出某种精神品格。常用比喻、象征、拟人、对比等表现手法。

―(**名篇欣赏**)―

梅花

（宋）王安石

墙角数枝梅，凌寒独自开。

遥知不是雪，为有暗香来。

"墙角"不引人注目，更未被人赏识，数枝梅却身居简陋、孤芳自赏、毫不在乎。"独自开"，语意刚强，无惧旁人的眼光，在恶劣的环境中，依旧屹立不倒，体现出诗人坚持自我的信念。"暗香"一句用浓郁的幽香比喻作者品格高贵、才华横溢，让人无法忽视。写这首诗时，诗人刚刚因坚定推行改革新政而罢相。这位执拗相公根本不在乎世人的不理解，回半山园隐居，效法谢安等待东山再起。梅花恰当地象征了作者的人格。

二、诗歌的意境

古代诗人们格外重视"意"与"象"的有机融合，而追求的最高标准就是从意象中升华出境界，即意境。王国维在《人间词话》中这样论境界："有境界则自成高格，自有名句。境非独谓景物也，喜怒哀乐，亦人心中之一境界。故能写真景物、真感情者，谓之有境界。否则谓之无境界。"

由此来看，意境（境界）是一首诗的灵魂。不同的诗歌展现出不同的意境：有的雄壮阳刚，有的内敛阴柔，这与诗歌所写的内容密切相连。边塞诗必然或雄奇阔大，或苍凉悲壮；山水田园诗必然或淡泊静谧，或清新素雅；羁旅行役诗则必然或凄凉伤感，或深邃沉郁。

此外，王国维《人间词话》里说诗词有"有我之境"和"无我之境"之别："有有我之境，有无我之境。'泪眼问花花不语，乱红飞过秋千去''可堪孤馆闭春寒，杜鹃声里斜阳暮'，有我之境也。'采菊东篱下，悠然见南山''寒波澹澹起，白鸟悠悠下'，无我之境也。有我之境，以我观物，故物皆著我之色彩。无我之境，以物观物，故不知何者为我，何者为物。"

可见，王国维的"有我""无我"主要是从作者的主观情感表达是否显现来区分的。简单来讲，"有我之境"中作者的主观情感调动得较为充分，表达得也比较情绪化，具有丰富的情感色彩和渲染意味。而"无我之境"主体的情感表达得较为深曲，心态较为平和。

1. 有我之境

"一切景语皆情语"。多数景物本身并没有固定的感情色彩，只有当作者将自己的感情熔铸到所见之景中的时候，同一个景物才会因作者情感的不同而生出不同的表现方式。例如："雨"这个客观事物，既可以是"天街小雨润如酥"的美好，也可以是"寒雨连江夜入吴"的凄凉。由多种景物（意象）组合而成的意境也是如此，需要用作者的情感来统领，共同营造出一个意境来。

―（**名篇欣赏**）―
归嵩山作

（唐）王维

清川带长薄，车马去闲闲。

流水如有意，暮禽相与还。

荒城临古渡，落日满秋山。

迢递嵩高下，归来且闭关。

开元年间，王维因伶人舞黄狮子受累，被贬为济州司仓参军。曾经名动京师的少年才俊遭受被贬的打击，才知官场险恶，不免心灰意冷，随后不久便辞官归隐嵩山寓所。此诗即作于这次归隐途中。此时诗人的心境还远没有达到他历经沉浮后的通透，所以笔下也就写不出与裴迪在辋川别业唱和时的恬静淡泊和闲适悠然。虽也写流水，但却没有"行到水穷处，坐看云起时"的从容；虽也写禽鸟相伴，但却没有"月出惊山鸟，时鸣春涧中"的淡然，只剩下"荒城""古渡""落日""秋山"的萧索；车马虽闲，却前路"迢递"，山高水远。诗中所描绘的自然景物虽也在诗人自己的其他诗作中反复出现，但却明显沾染着当下被贬后的失落之情，寓情于景，情景交融。全诗质朴清新，自然天成，尤其是中间两联，意象疏朗，感情浓郁，诗人随自己此时的心境信手拈来，不见斧凿之迹，却得精巧蕴藉之妙。

2. 无我之境

在无我之境中，追求的是情感的天人合一性。天人合一思想是中国传统文化的根本，是中国古典诗歌的内在神韵。讲究人与自然是和谐统一的整体，二者彼此相通，一损俱损，一荣俱荣。庄子说，"天地与我并生，万物与我为一"。王国维在《人间词话》中表述的无我之境，恰能体现情感中的天人合一性。"无我之境，人惟于静中得之。有我之境，于由动之静时得之。故一优美，一宏壮也。"情感融入自然中，与天地万物达到天人合一的境界，人的情感也就自然熔铸到诗的内容中去了。此刻所写之诗，不知何者为我、何者为物，即王国维所说的"以物观物"。其实，情感的最高境界是无情感。所谓无情感,并不是说诗中没有情感,也不是故意不写入情感,而是不在作品中流露出情感融入的痕迹,即:寓情于景、情景交融。这种情感的高度融入,达到了"随心所欲不逾矩"的地步,也就是所谓的天人合一。

名篇欣赏

滁州西涧

(唐)韦应物

独怜幽草涧边生,上有黄鹂深树鸣。

春潮带雨晚来急,野渡无人舟自横。

这首写景的小诗,描写春游滁州西涧赏景和晚潮带雨而来的野渡所见。首句写静景。幽草、深树,透出境界的幽冷,虽然不及百花妩媚娇艳,但它们那青翠欲滴的身姿,那自甘寂寞、不肯趋时悦人的风骨,自然而然与作者闲适恬淡的心境相契合。接下来的动景,莺啼婉转、春雨晚潮,空空的渡船在渐急的溪水中浮泊,淡漠悠然。虽然后世常有人分析说,最后一句写由于渡口在郊野所以无人问津之意,使诗中蕴含着一种不在其位、不得其用的无奈而忧伤的情怀,但纯从诗歌意境的角度看,此诗仅仅是写了一幅优美、恬淡的山中小景,并不见诗人自己的身世之感。而闲适恬淡的心境早已熔铸在幽草、黄鹂、春潮、小舟的野趣天成之中了。因而可以看作一个"无我之境"的佳作。

"有我之境"和"无我之境"本无高下之分，就如同"境界有大小，不以是而分优劣"一般。但王国维本人对"无我之境"评价较高且有所偏爱，这大约是因为，比之积极进取的儒家用世思想，中国传统士大夫往往认为清静无为的出世思想似乎更超脱、更高妙一些。于是，"无我之境"的天人合一状态就自然备受推崇了。

对于初学者而言，写什么样的内容还是可以比较轻松地选定的。于是诗歌读起来的艺术效果也就基本上因内容而确定了。至于用自己的诗营造什么样的意境，就不是可以事先想定的了。初学者对意象和语言的驾驭水平有限，无论是"有我之境"还是"无我之境"，都是可遇而不可求的努力方向而已。但"实践胜过一切理论"，对于初学者而言，写出来就是胜利。

第二节　诗歌的体裁和语言

单就格律诗而言，体裁无非五绝、七绝、五律、七律、排律几种而已。同一个内容，选用不同的体裁写出来，读者读起来的感受会大相径庭。因为律诗和绝句、五言和七言，并不仅仅是字数上的差异。它们的起源和发展流变各有不同，所以擅长表现的内容和情感也不尽相同。因而，选定了一种体裁，就相当于把诗歌的风格也部分地确定下来了。而语言风格是作者在长期创作中自然而然形成并固定下来的，并不是特意选定的。

一、律诗与绝句的内在区别

长久以来，律诗与绝句的关系被当作格律诗八句与四句的关系（这里暂不考虑排律）。有一种说法甚至直接称绝句为"截句"，以为二者的区别仅在字数差异上。事实上，律诗与绝句，来源不同，形式不同，所以才有了不同的艺术性。

胡应麟在《诗薮·内编》中说："五、七言绝句，盖五言短古，七言短歌之变也。谓截近体首尾或中二联者，恐不足凭。五言绝起两京，其时未有五言律。七言绝起四杰，其时未有七言律也。"王夫之在《姜斋诗话》中对胡应麟的这一论断颇为肯定。

通俗地梳理一下律诗和绝句的发展脉络：

绝句一词出现于南北朝时期乃至更早。绝句的"绝"，义为"断绝"，是相对"联句"这个概念提出来的。那什么叫联句呢？古人雅集喜欢共同作诗，每人一韵或数韵相联而成一篇，叫作联句。这是自汉武帝与群臣在柏梁台联句赋诗以来的传统。至南北朝，规矩由每人一句一韵或两句一韵发展为四句两韵，且风气日盛。《宋书》里记载，谢晦临刑时，还要与谢世基作联句，一人四句，作完上路。多人创作叫联句，自己写四句诗，不希望别人接下去，便叫绝句。例如：梁简文帝萧纲有《夜望浮图上相轮绝句》《咏灯笼绝句》，北朝的庾信有《和侃法师三绝》《听歌一绝》等。

而此时，近体格律诗还没有成型呢。唐以后，近体诗才兴起。受此影响，绝句也开始引入了律句，但律绝、古绝一直同时存在。即便到了武则天时期，沈佺期、宋之问将律诗定型下来之后，朴拙的古绝也一直独守着自己的一方天地。

律诗的"律"字就是格律，是近体诗区别于古体诗的重要标志。律诗真正的开端应追溯到以沈约为代表的"永明体"，它把音律声韵与晋宋以来的对偶之风结合起来，注重四声、八病之说，增加了诗歌艺术的形式美，对近体诗的形成有很大的影响。初唐就开始出现广义五律，沈佺期、宋之问定型了狭义七律，历经盛唐，律诗进入全盛时期。

厘清了这两条各自独立的发展脉络,就不难理解绝句与律诗在艺术上的差别了。

总的来讲,绝句的创作基于灵感。篇幅短小,集中笔力说清一情一事,浑然一体。我们耳熟能详的《静夜思》《寻隐者不遇》《赠汪伦》《逢入京使》都是绝句这一特征的代表。读绝句往往给人明白如话的感受,只交代生活中的一个小场景,抒发的情感也是单一而直白的。所以,写作者如果想捕捉、记录生活中的瞬间感受的话,则选用绝句最为便利。

—（ 名篇示例 ）—

静夜思

（唐）李白

床前明月光,疑是地上霜。
举头望明月,低头思故乡。

寻隐者不遇

（唐）贾岛

松下问童子,言师采药去。
只在此山中,云深不知处。

赠汪伦

（唐）李白

李白乘舟将欲行,忽闻岸上踏歌声。

桃花潭水深千尺，不及汪伦送我情。

逢入京使

（唐）岑参

故园东望路漫漫，双袖龙钟泪不干。

马上相逢无纸笔，凭君传语报平安。

律诗的四联八句有起承转合之分工，于起伏跌宕之中将叙事、写景、抒情融为一体。换言之，就是律诗中涵盖的内容和意蕴比绝句丰富，大多是从生活中的一个切入点入手，将描写眼前实景、联想自己或他人的人生际遇、对未来的期许或担忧、从生活中提炼出的道理哲思，都一股脑写在同一首诗里，这着实需要创作者付出一点匠心。

所以，后世诗人，倘若擅长绝句，我们可以夸他有才情、有天分，却不会夸他有功力。但如果一位诗人七律作得漂亮工稳，那必定是功力精深的大师无疑。

这一点，想想李杜两座诗歌高峰，即可一目了然——李白在绝句和古风中表现出了过人才华，"白发三千丈，缘愁似个长""我寄愁心与明月，随风直到夜郎西""仰天大笑出门去，我辈岂是蓬蒿人"……真是"绣口一吐就是半个盛唐"！然而我们对他的评价大都集中在清新俊逸、飘逸豪放、想象雄奇瑰丽上，虽充满了对天才的赞赏与仰慕，但也饱含着自己无法企及的无奈。然而对杜甫就不一样了。后世对他的评价是"沉郁顿挫"。"沉郁"是指杜诗的内容深沉郁结,满溢着对天下苍生的悲悯;"顿挫"是指杜诗的平仄、对仗经千锤百炼,工稳而流畅,读来抑扬顿挫、朗朗上口。这四个字赞美的是杜甫的情怀和艺术功力,是所有读书人敬仰追慕的对象,更是每一个写作者奋斗的目标。杜甫即是擅长律诗的个中圣手。虽然被后世尊为诗圣,但大多数情况下,杜甫写诗都做不到信手拈来、一气呵成,而是需要很痛苦地反复推敲。李白甚至还专门写了首诗调侃他:"饭颗山头逢杜甫,顶戴笠子日卓午。借问别来太瘦生,总为从前作诗苦。"这首诗题为《戏赠杜甫》,意思是:杜甫啊,我跟你小子这么久没见,你咋还这么瘦呢?是不是因为写诗还跟以前一样,一个字一个字地抠啊?吟诗作赋乃消遣娱乐,别写得太累啊!

可见,杜甫这等大师的匠心与功力也是由执着钻研而来的。因而,即便平凡如你我,也可通过努力将律诗作到至真至善的境界。这也是笔者坚持建议初学诗歌创作要从律诗入手的原因。

—(名篇示例)—

春望

(唐)杜甫

国破山河在,城春草木深。

感时花溅泪,恨别鸟惊心。

烽火连三月,家书抵万金。

白头搔更短,浑欲不胜簪。

望月怀远

(唐)张九龄

海上生明月,天涯共此时。

情人怨遥夜,竟夕起相思。

灭烛怜光满,披衣觉露滋。

不堪盈手赠,还寝梦佳期。

闻官军收河南河北

(唐)杜甫

剑外忽传收蓟北,初闻涕泪满衣裳。

却看妻子愁何在,漫卷诗书喜欲狂。

白日放歌须纵酒,青春作伴好还乡。

即从巴峡穿巫峡,便下襄阳向洛阳。

无题

(唐)李商隐

相见时难别亦难,东风无力百花残。

春蚕到死丝方尽,蜡炬成灰泪始干。

晓镜但愁云鬓改,夜吟应觉月光寒。

蓬山此去无多路,青鸟殷勤为探看。

遣悲怀三首·其二

（唐）元稹

昔日戏言身后意，今朝皆到眼前来。

衣裳已施行看尽，针线犹存未忍开。

尚想旧情怜婢仆，也曾因梦送钱财。

诚知此恨人人有，贫贱夫妻百事哀。

　　《春望》首联描写了春望所见：山河依旧，可是国都已经沦陷，城池也在战火中残破不堪了，乱草丛生，林木荒芜。诗人记忆中昔日长安的繁华早已不再。颔联谈感受：我感于战败的时局，看到花开而潸然泪下；我内心惆怅怨恨，听到鸟鸣而心惊胆战。接下来诗人想到：战火已经连续不断地进行了一个春天，仍然没有结束。好久没有妻儿的音信，他们生死未卜，也不知道怎么样了。要能得到一封家书该多好啊。尾联写国愁家忧齐上心头，搔首徘徊，青丝已变成白发。全篇情景交融，感情深沉，而又含蓄凝练，言简意丰，充分体现了"沉郁顿挫"的艺术风格。

　　《闻官军收河南河北》的主题是抒写忽闻叛乱已平的捷报，急于奔回老家的喜悦。诗人由捷报的突然而至起笔，惊喜的洪流，一下子冲开了郁积已久的情感闸门，令诗人心中涛翻浪涌，涕泪满襟。"却看妻子""漫卷诗书"，这两个连续的动作，用妻儿的欢欣来衬托诗人的欣喜之情。接下来，开始想象回家的细节：选个晴朗的白日出发，一路放歌纵酒，甚至连返乡路线都选好了。本诗将喜悦的情感、对自己和家人的描写、对返乡过程的想象融为一体，用无法抑制的喜悦与快意表现了诗人真挚的爱国情怀。

律诗丰富的内容在作者的悉心安排下，大放异彩，光耀千年。初学者不妨选择一首自己非常喜欢的经典作品作为范例，每当有感而发时，就把自己的感受、想写的内容、想选用的意象都罗列出来，再按照范例四联的内容组合顺序，一一填写进去。最后，再按照律诗的押韵、对仗、平仄要求，反复推敲、修改。这样做，既能比较容易地写出规范的格律诗来，又能在布局谋篇上有一个相对比较高的起点。

二、五言与七言的内在区别

有人认为，七言诗不过是在五言诗的基础上增加了两个字而已。学会了写五言诗，七言诗自然就会了。但实际上，我们初学者在真正实践的时候，往往会首选七言诗下笔。这是为什么呢？因为诗歌作为一种抒情文字，字数越少，想把情感表达得准确精微就越难。在五言诗中，常常需要紧缩掉连词、副词。而在七言诗里，这些连词、副词本身就是诗意不可或缺的一部分。例如："花径不曾缘客扫，蓬门今始为君开"（杜甫《客至》）。一句"不曾"，说明事前可能不知客人要来，如果知道，应该扫径相迎的。而"今始"说明诗人居住的草堂已有很久没有客人来了，这两字透露出主人因朋友意外到访的喜悦心情。如果改成五言："花径缘客扫，蓬门为君开"，这种对友人的真挚而殷勤的情意就体现不出来。

正如刘勰在《文心雕龙》中对五言诗的解说:"暨建安之初,五言腾踊。……慷慨以任气,磊落以使才。造怀指事,不求纤密之巧;驱辞逐貌,唯取昭晰之能。"五言诗追求的是叙事明确,而非表意纤细缜密。如果写作者的语言驾驭水平不高,构思不巧妙,就非常容易写成没有"诗味"的打油诗。这里,我们仅以五绝和七绝为例做一个简单的演示。

(一)五绝与七绝的区别

我们在第二章中分别介绍过五绝和七绝的艺术特征。五言绝句与七言绝句虽然来源不同、风格各异,但它们之间却有着丝丝缕缕的联系,非常有趣。同样的内容,用五言写出来就平易质朴,用七言写出来就情韵跌宕,风格大不相同。如果把七言绝句的每句删减两个字,缩成五言绝句,我们会得到一首在审美意趣上与原诗大相径庭的作品。

—(**名篇示例**)—

别董大

(唐)高适

千里黄云白日曛,北风吹雁雪纷纷。
　　　　　　▲
莫愁前路无知己,天下谁人不识君。(上平十二文)
　　　　　　　　　　▲

别董大　五绝

黄云白日曛，风吹雪纷纷。

莫愁无知己，谁人不识君。

江南逢李龟年

（唐）杜甫

岐王宅里寻常见，崔九堂前几度闻。
正是江南好风景，落花时节又逢君。（上平十二文）

江南逢李龟年　五绝

岐王宅里见，崔九堂前闻。

江南好风景，落花又逢君。

清明

（唐）杜牧

清明时节雨纷纷，路上行人欲断魂。
借问酒家何处有？牧童遥指杏花村。（上平十三元）

清明　五绝

清明雨纷纷，行人欲断魂。

酒家何处有？遥指杏花村。

缩减后的五言绝句简单朴素,但却少了七绝原诗的起伏跌宕、百转千回。《别董大》的"千里""北风吹雁"描绘了分别时极目千里、雁阵惊寒的苍凉景象,"前路""天下"是对前路漫漫、名满天下的慨叹;《江南逢李龟年》的"寻常""几度",道出了李龟年曾经的辉煌,"正是""时节"暗示了相遇之巧和难得;《清明》中的"时节""路上""借问""牧童",恰是这件事的时间、地点、人物、事件。省略了这些词,留下来的五言诗虽不至于没有诗味,但在情致上的确不及原诗。

牛刀小试

—(练习)—

在下列五言绝句中任选一首,试着给每句加两个字,形成七言绝句。务求使原诗不但节奏上增加了一段音节,内容上也要更丰富、更具画面感,情感表达更细腻丰富。

如果写作有困难,请参考如下提示:加出来的两个字一般放在诗句的前半段,内容上多是对原诗句的前两个字的解释或补充,指明谁、做什么、在何时、何地、什么范围内、做这件事的状态等。

登鹳雀楼

(唐)王之涣

白日依山尽,黄河入海流。

欲穷千里目,更上一层楼。

夜宿山寺

（唐）李白

危楼高百尺，手可摘星辰。

不敢高声语，恐惊天上人。

寒塘

（唐）赵嘏

晓发梳临水，寒塘坐见秋。

乡心正无限，一雁度南楼。

折菊

（唐）杜牧

篱东菊径深，折得自孤吟。

雨中衣半湿，拥鼻自知心。

—（习作示例）—

登鹳雀楼

毕晴羽（13岁）

霞遮白日依山尽，浪卷黄河入海流。

高阁欲穷千里目，百尺更上一层楼。

登鹳雀楼

（修改后）

沙逐白日依山尽，浪卷黄河入海流。

欲放穷川千里目，乘风更上一层楼。

这两首修改后的作品各有千秋，但都做到了"内容更丰富，更具画面感，情感表达更细腻婉转"的要求。

前一首13岁的小姑娘改的七绝，给每句诗的开头加了两个字。"霞遮白日""浪卷黄河"极具画面感，而且"遮"和"卷"两个动词使画面一下子活了起来。但孩子的思维毕竟有限，后两句都是强调登楼之高，就显得平淡了些。

后一首成人修改的七绝显然在意境上更符合原诗的豪迈壮阔。加出来的两个字无论是放的位置，还是对诗意的补充作用都更灵活，更有效。想象一下这个画面——黄土高原上，风起时黄沙漫卷，仿佛在追逐亮得耀眼的落日。此时的黄河无意顾及周围景色，径自奔腾而去，直奔大海。诗人登上楼宇的更高一层，放眼远眺，莽莽晴川的尽头，风正起，让人有乘风直上九万里的冲动。修改时加出来的"乘风"一词，让诗人的万丈豪情得到了更进一步的舒展。

夜宿山寺

侯彦西（13岁）

危楼寂寂高百尺，不期手可摘星辰。

低眉不敢高声语，恐惊九仙天上人。

寒塘

王玘珩（13岁）

霜发清晓梳临水，冷月寒塘坐见秋。

远眺乡心正无限，孤鸣一雁度南楼。

折菊

蒋子悦（13岁）

篱东清菊径没深，折得历寒自孤吟。

迟立雨中衣半湿，拥鼻不畏自知心。

上述各个名篇增删示例，并不是简单地认为七言诗一定比五言诗有韵味。而是想说，五言诗要想做好了更难一些。因为"大道至简"，越是形式简单的作品，对内容的要求会自然而然地更高。这一点是初学者特别需要注意的。

（二）五律与七律的区别

总的来讲，五律的源头可以追溯到两汉时期的民谣和乐府民歌，其后文人开始模拟乐府创作五言诗，经永明体的声律规范，初唐时期的对仗、粘对发展，到武则天时期由沈佺期、宋之问定型。七律的源头可上溯到更远的楚辞，在南朝乐府歌词中有了进一步的发展，同时建安时期文人开始创作的歌行体小诗也使七言诗的艺术水准日臻成熟。到了沈宋定型五律之后，开始将五律的粘对法则应用于七言诗歌，并于唐中宗景龙年间完成了七言律诗的定型。二者各自独立的产生与发展过程，就决定了其艺术风格的差异是必然的。

五律由民谣和乐府而来，那就会侧重叙述生活场景，抒情也会比较朴实清新。七律由文人创作和乐府而来，那么文人绚丽的文笔、迤逦的抒情就会在七律中留下较深的烙印。我们先来直观地感受一下，同一种内容和情感，用五律和七律写出来，有何不同。下面选取的几组诗歌，虽然有因作者不同而造成的风格差异，但总的来讲，两首诗选取同一流派的诗人的作品，即可最大限度地体现体裁造成的差异。

山水田园诗

过故人庄

（唐）孟浩然

故人具鸡黍，邀我至田家。

绿树村边合，青山郭外斜。

开轩面场圃，把酒话桑麻。

待到重阳日，还来就菊花。

积雨辋川庄作

（唐）王维

积雨空林烟火迟，蒸藜炊黍饷东菑。

漠漠水田飞白鹭，阴阴夏木啭黄鹂。

山中习静观朝槿，松下清斋折露葵。

野老与人争席罢，海鸥何事更相疑。

王维和孟浩然二人，既是好友，又同为山水田园诗派的巨擘，交往唱和中，艺术追求当多有互相渗透。这两首诗写的都是隐居生活中访友聚餐的场景，但艺术效果上却有明显的差异——孟诗中的叙事"具鸡黍"，在王诗中化作了"蒸藜炊黍"的具体烹饪细节；孟诗中"绿树""青山"的概述，在王诗中变为了动态的描写：广阔平坦的水田上一行白鹭掠空而飞，田野边繁茂的树林中传来黄鹂婉转的啼声；孟诗中"把酒"的具体情形不得而知，却在王诗中活脱脱地展现为了"争席"；孟诗中并未细说相约重阳日"还来"在什么样的氛围中赏菊，王诗中却用"习静""清斋"二词直接点明了安逸闲适的意境。孟诗通篇使用白描手法，仿佛一幅天真质朴的简笔画，勾勒出农家生活的天然情致。王诗则用渲染的手法，虽只有淡然的水墨氤氲，但观槿、折葵、水田、空林的几个场景描写却具体生动，极具画面感。尤其尾联的"争席"一节，幽默灵动，颇有方外之人大雅大俗的洒脱，意趣天成。

怀古诗

蜀先主庙

（唐）刘禹锡

天地英雄气，千秋尚凛然。

势分三足鼎，业复五铢钱。

得相能开国，生儿不象贤。

凄凉蜀故妓，来舞魏宫前。

西塞山怀古

（唐）刘禹锡

王濬楼船下益州，金陵王气黯然收。

千寻铁锁沉江底，一片降幡出石头。

人世几回伤往事，山形依旧枕寒流。

今逢四海为家日，故垒萧萧芦荻秋。

这两首诗同为刘禹锡的怀古之作，《蜀先主庙》中"凛然"的"英雄气"略显抽象，需要读者在头脑中通过想象进行二次创作。而《西塞山怀古》却直接描绘出了一幅楼船战舰浩浩荡荡沿江东下，金陵城中打出一片降幡，望风而降的壮阔画面。《蜀先主庙》中，颔联和颈联用叙事回顾了刘备三分天下、恢复汉钱的功业和虽有能臣诸葛亮辅佐开国但却生子不贤的苦恼。连亡国的身后凄凉都隐含在叙述蜀国故妓被掠入魏宫的事实里了。而《西塞山怀古》中，"伤往事"的情感则是用东流的江水意境冰冷，秋天的芦花在风中萧瑟，映衬着依旧屹立的远山和故垒的画面来抒发的。这说明，即使是同一位诗人，即使写同一种题材，也会是五律相对平易洗练、七律相对丰富鲜活的效果。

送别诗

送杜少府之任蜀州

（唐）王勃

城阙辅三秦，风烟望五津。

与君离别意，同是宦游人。

海内存知己，天涯若比邻。

无为在歧路，儿女共沾巾。

送李少府贬峡中王少府贬长沙

（唐）高适

嗟君此别意何如，驻马衔杯问谪居。

巫峡啼猿数行泪，衡阳归雁几封书。

青枫江上秋帆远，白帝城边古木疏。

圣代即今多雨露，暂时分手莫踌躇。

初唐的王勃和盛唐的高适虽时代不同，基本风格各异，但单就这两首诗而言，所叙述的送别之事和所抒发的豁达豪迈之情却是相同的。有趣的是,王诗与高诗的首联、颔联与颈联的内容刚好轮换了一下位置。王诗用叙事的表达方式交代了"离别",而高诗却用描写的表达方式展现了一个朋友们都停下马,送的人举着酒杯问走的人将要被贬哪里的画面。王诗直接用"望"字点明了朋友此行的目的地远在"五津"所在的蜀地,而高诗则直接想象出了长沙的青枫江上秋高气爽、白帆点点,三峡的白帝城古木参天、枝叶扶疏的景象,用以慰藉两位朋友,贬所景色尚好。接下来,王诗直接用说理劝慰友人不必思念,因为"天涯若比邻",而高诗则想象了两个满溢着思念之情的画面:巫峡中友人随哀婉的猿啼潸然泪下,从衡阳归来的大雁带来好几封友人的信件。尽管前三联中,王诗侧重叙事,高诗极尽描写,但两首诗的抒情句却惊人地相似:都是直抒胸臆地表达分手时不必犹豫,不必伤心的豪迈之情。

爱情诗

寄李亿员外

(唐)鱼玄机

羞日遮罗袖,愁春懒起妆。

易求无价宝,难得有心郎。

枕上潜垂泪,花间暗断肠。

自能窥宋玉,何必恨王昌?

无题

（唐）李商隐

相见时难别亦难，东风无力百花残。

春蚕到死丝方尽，蜡炬成灰泪始干。

晓镜但愁云鬓改，夜吟应觉月光寒。

蓬山此去无多路，青鸟殷勤为探看。

鱼玄机，是晚唐女诗人，因两首诗结缘于李亿，嫁与李亿为妾。后因李妻不能容，进长安咸宜观出家为女道士。她原本希望能与李亿早日重聚，可惜终成泡影，在绝望之后写下了此诗。诗人写自己自从别后心灰意懒、无心打扮，全因有情的郎君比无价之宝都更难得，所以泪与恨令她肝肠寸断。最后转而愤愤地表示，自己完全有能力结交宋玉那样的大才子，不屑与王昌这等负心汉纠缠的决绝。此诗是至情之语，不仅表现了她对李亿之无情的怨恨，也写出了古代被遗弃女子的怨愤。语言浅近直白，情感表达直观而真挚。

而李商隐的这首诗，以女性的口吻抒写爱情，在思念的悲伤、痛苦之中，寓有灼热的渴望和坚忍的执着精神，感情境界深幽缠绵，极为丰富。首联即以花喻人，诉说随着春天的流逝，自己也如凋残的花朵一样老去，所以，每一次艰难的相约见面都必然难舍难分。接下来，作者先用比喻的手法极写分别后的思念之深，"丝"字一语双关，用"春蚕到死""蜡炬成灰"道出了主人公对于爱情近乎偏执的忠贞。这苦苦思念的结果是，清晨对镜梳妆时竟然发现青丝上已有白发。紧接着，想象心上人此时也当正在月下吟诗，苦苦思念着自己吧。这一来一往、虚实相生的写法，令这首意趣单一的小诗立刻摇曳生姿起来。最后，尾联借西王母派青鸟传送情书的典故，道出了渴望使者能够传递音讯，将自己的思念之情带给对方的急迫心情。

这两首诗的主人公均处在恋爱的分离与痛苦中。但相较于鱼诗比较朴素的表现手法，李诗确实更曲折、更生动，从头至尾都熔铸着痛苦失望而又缠绵执着的感情，诗中每一联都是这种感情状态的反映，但是各联的具体意境又彼此有别。以比喻、虚实相生、用典等手法，连绵往复地抒情，反映出复杂精细的心路历程，成功地再现了主人公心底那缠绵邈远的深情。

由上述几组同题材诗歌的对比可以看出，五律和七律的主要区别大致表现在以下几个方面：

	五律	七律
来源	两汉民谣、乐府和文人拟乐府	楚辞、南朝乐府和歌行体小诗
内容	精炼、表现力有限	丰富、有画面感
常用表达方式	叙述	描写
常用艺术手法	白描	渲染等多种手法
一般语言风格	简明、质朴	用典、富于情感
常用抒情方式	直接的、借景借事抒情	委婉的、情景交融
音韵效果	大起大落、节奏紧凑	平仄均匀、轻缓清扬
写作难度	入门易、写好难	需斟酌、写好了即是精品

三、同一题材用不同体裁的诗歌来表达

现代生活中,当我们有了抒发情感的愿望时,就需要考虑选取何种体裁来表达才比较恰当。绝句简洁,律诗翔实;五言质朴,七言华美。同样一件事,用五绝、七绝、五律、七律表达出来的效果是很不一样的。同时,每一个人对同一件事的感触点和感悟深度也都不同,也就是需要通过诗歌表达的具体情绪是不一样的。所以,体裁的选用是由作者自身的个性偏好、写作时的瞬间情绪共同决定的。我们来看一组实例:

写作业、完不成、补作业,是学生都经历过的尴尬时刻。一个13岁的少年真诚地用七律写出了自己的苦恼,并拿给同学们看。于是这个所有学生心中的痛迅速引发了巨大的共鸣效应。大家纷纷修改或应和。形式遍及五绝、七绝、五律、七律。又因为这几种体裁的特点不同,使得同一题材下写出来的作品风格各异、摇曳生姿。

—(原作)—

补作业有感

刘潜璞(13岁)

三更何处墨台旁,疾笔扬眉吐芬芳。

可怜窗外月恰明,轻柳微风居小房。

蝉鸣似笑流水嘲,讥我无力独忧伤。

今日又复多功课,只因我是少年郎。

— (修改) —

七律

补作业有感

毕晴羽（13岁）

三更何处墨台狂，疾笔扬眉吐芬芳。

窗外可怜星如雨，屋中无奈我正忙。

蝉鸣似笑驳无力，钟走如讥暗神伤。

今日怎生多课业，只因我是少年郎。

五律

补作业有感

负小淇（13岁）

夜半玄圭远，烟云落纸芳。

怜君明素魄，执笔写轻狂。

钟走讥逝水，蝉鸣笑流觞。

今朝勤课业，命苦少年郎。

补作业有感

徐可誉（13岁）

浓夜台前坐，微颦笔墨狂。

静风垂暗柳，悄月映明窗。

伤断蝉鸣久，愁眠雨打长。

何时卒课业，空叹望天狼。

补作业有感

蒋瑞恒（13岁）

夜半台旁墨，龙蛇走笔狂。

应怜人共月，只恨我独忙。

蝉笑空驳辩，钟嘲自感伤。

为何多作业，无奈少年郎。

五绝

补作业有感

彭楚涵（12岁）

何处乱书茫？流月落寒房。

孤蝉残鸣起，又复夜深忙。

七绝

补作业有感

王彬丰（13岁）

三更何处墨台旁，皎月盈缺诉凄凉。

燕雀喧鸣讥无力，只因我是少年郎。

第三节 诗歌创作者的艺术追求

任何艺术品都既是艺术家对客观世界的认识和反映,也受艺术家个人的情感、理想和价值观等主观因素的制约,是一种综合的精神产品。艺术与其他意识形态的区别在于它的审美价值,这是它的最主要、最基本的特征。艺术家通过艺术创作来表现和传达自己的审美感受和审美理想,欣赏者通过艺术欣赏来获得美感,并满足自己的审美需要。作为创作主体的艺术家的个性特征与作品的题材、体裁以及社会历史条件等客观特征相互作用,最终形成了一定的艺术风格。在主观上,艺术家由于各自的生活经历、思想观念、艺术素养、情感倾向、个性特征、审美理想的不同,必然会在艺术创作中自觉或不自觉地形成区别于其他艺术家的各种具有相对稳定性和显著特征的创作个性。艺术风格就是创作个性的自然流露和具体表现。

一、诗歌创作的艺术追求

从零起点开始创作诗歌,在不断追求、不断进步、给自己提出更高的要求的过程中，创作者大都会经历两个目标截然不同的发展阶段：诗歌创作的第一阶段会追求"雅"，即诗作以华丽的辞藻和丰富的文化内涵取胜；第二阶段反而是追求"平"，即用平易朴素的语言写真实朴素的情感。

（一）对"雅"的执着追求

大多数初学者都是被诗歌优美的意境吸引着步入诗歌创作的殿堂的，自然也就会希望自己的笔下也能写出"忽如一夜春风来，千树万树梨花开""渭城朝雨浥轻尘，客舍青青柳色新"这样的传世佳句来。这个艺术追求无可厚非。诗歌本来就应该非常唯美，才能让读者陶醉其间，从而起到"兴观群怨"（出自《论语·阳货》）的作用。要想让一首诗文辞优美、读起来朗朗上口，可以使用代字、用典、渲染等多种手法，实现"雅"的艺术追求。

1. 使用代字

所谓"代字"，是指诗歌中用历史故事、神话传说中的记载，代替一些生活中常见事物的名字，以期达成文辞优美的艺术效果。例如：太阳称为"金乌"，月亮称为"婵娟"，宝剑称为"龙泉"，银河称为"银汉""河汉"，落花称为"落红"等。或者给常见的事物加一个美好的形容词，如：金风玉露、桂棹兰桨、锦帽貂裘、宝马雕鞍等。这样的用词虽然容易给人堆砌之感，但却是初学者的必经之路。

― 名篇示例 ―

无题

（唐）李商隐

昨夜星辰昨夜风，画楼西畔桂堂东。

身无彩凤双飞翼，心有灵犀一点通。

隔座送钩春酒暖，分曹射覆蜡灯红。

嗟余听鼓应官去，走马兰台类转蓬。

诗中提到，昨夜宴饮的场所在主人家的堂屋以东、小楼西侧的庭院中。为了追求唯美的艺术效果，作者特意说堂屋是由有暗香的桂木建成的，小楼是雕梁画栋的。尾联慨叹主人公听到鼓声不得不去"上班"，暂时与心上人分离时，用"兰台"代称作者供职的秘书省。"兰台"本来是汉代宫内藏书之处，由御史中丞掌管，后世因称御史台为"兰台"。东汉时班固曾为"兰台令史"，受诏撰史，故后世亦称史官为"兰台"。唐中宗时曾改"秘书省"为"兰台"。

2. 用典

用典本身是诗歌常用的一种修辞手法。因其言简义丰，说者表意含蓄，听者理解明确的特征，非常符合诗歌在有限的字数内准确生动地表情达意的需要，所以无论是初学者，还是艺术大家，都乐于在自己的诗中用典。

—（名篇示例）—

书愤

（唐）陆游

早岁那知世事艰，中原北望气如山。

楼船夜雪瓜洲渡，铁马秋风大散关。

塞上长城空自许，镜中衰鬓已先斑。

出师一表真名世，千载谁堪伯仲间！

这首诗历来为人称道的都是颔联。连续六个名词，罗列了作者亲历的两次抗金战斗的豪壮场面。在追述早年的快意征战生活中，流露出抗金报国的豪情壮志。但颈联和尾联的两个典故用得也很有气魄：南朝宋的大将檀道济自称为"万里长城"，后人以此称能抵御敌人入侵的英雄人物。《出师表》的作者是千古名相诸葛亮。陆游以这一文一武自喻，表明了自己出将入相皆可报国的才华能力和赤胆忠心。

3. 渲染

这本是诗歌创作中最常用的写景手法。诗歌是写景抒情为主的文字，作者大都是要通过景物描写来寄寓情感的。所以，当景物描写有多个意象、多种色彩、由远及近的多重层次、视听触嗅等多种感官结合时，诗歌就会呈现出生动的画面感。这就是渲染手法的艺术效果。在此基础上的抒情，也就是水到渠成的事了。

—（名篇示例）—

黄鹤楼

（唐）崔颢

昔人已乘黄鹤去，此地空余黄鹤楼。

黄鹤一去不复返，白云千载空悠悠。

晴川历历汉阳树，芳草萋萋鹦鹉洲。

日暮乡关何处是？烟波江上使人愁。

这首诗的颈联算得上是写景的千古名句了：近看晴空万里的原野上，绿树清晰到历历可数，水中小沙洲被茂盛的各色"芳草"覆盖着。与尾联远眺烟波浩渺的长江远去相呼应，有色彩、有远近层次的景物描写，烘托出了作者在日暮时分突然涌上心头的思乡之情。

—（习作示例）—

秋意

负小淇（11岁）

金风拂面饶川野，玉露谁洒淡秋妆。

桂下晓来留霜重，香容新沐现霞光。

遍地翻锦多黄叶，碧空排云一色沧。

莫叹孤鸿肠寸断，却道清气正采桑。　　（下平 七阳）

这首习作虽出自一个11岁的小姑娘之手，却颇有少年老成的味道。诗中有精美的代字"金风玉露";有化用前人诗句和经典意象的用典"晴空一鹤排云上"、"断鸿声里"、《采桑子·重阳》;有对丰饶的原野、桂树、秋霜、黄叶、碧空、白云等色彩丰富的秋日盛景的渲染。且押韵、对仗基本合乎律诗创作的规范,平仄虽略有出入,但基本符合拗救的规则。算得上是一首比较合格的律诗作品了。这就是初学者在追求"雅"的阶段比较有代表性的作品。

(二)回归"平"的淡泊从容

当创作者经历了较长时间对华美的词句和意境的追求之后,会逐渐产生审美疲劳。这时候,就会自然而然转而追求返璞归真的艺术效果了。正如《红楼梦》中林黛玉在教香菱学诗时所说:"词句究竟还是末事,第一立意要紧。若意趣真了,连词句不用修饰,自是好的,这叫作'不以词害意'。"所以,古往今来,我们会看到很多艺术大师的笔下,往往写出的是明白如话的语言,但却因为真诚地抒写了内心深处最真实的情愫而感人至深。"平"比"雅"更难,即王国维所谓"不隔","语语都在目前"(《人间词话》)。

这一点在李煜的词作中表现得最为直观。我们虽是讲作诗,但于艺术追求这个层面上来讲,也不妨借来感受一下。在李后主笔下,无论是对"四十年来家国,三千里地山河"的无限眷恋,还是"无限江山,别时容易见时难"的痛心疾首,抑或是"最是仓皇辞庙日,教坊犹奏别离歌。垂泪对宫娥"的悔恨,都化作了"问君能有几多愁,恰似一江春水向东流"的欲说还休。这真实到不能再真实的亡国之恨，这浅近到如今人口语般的质朴语言，怎能不让人为之动容？更何况，这位旷世才子"一片芳心千万绪，人间没个安排处"的至情至性，"还似旧时游上苑，车如流水马如龙"的神来之笔，都是后世文人难以企及的高度。后主词的高妙之处就在于，虽遣词造句明白如话，但寄寓之情却异常深沉悲凉。情感虽深沉悲凉，但却只以"无奈"处之，大有"却道天凉好个秋"的平静，也就更见其痛彻肺腑。

仔细分析起来，要想达成这"平"的艺术效果，无外乎用白描的艺术手法、平易朴实的语言，创造平淡的意境，表达"人人心中所有、人人笔下所无"的平凡情感，从而引起读者深深的共鸣而已。

1. 白描的艺术手法

—（名篇示例）—

使至塞上

（唐）王维

单车欲问边，属国过居延。

征蓬出汉塞，归雁入胡天。

大漠孤烟直，长河落日圆。

萧关逢候骑，都护在燕然。

这首耳熟能详的五律，一改王维山水田园诗的淡泊宁静，以平实的叙述语言交代了诗人奉命赴边疆慰问将士的事件。虽已行至居延海，但仍未见到西域都护的身影。直到遇见侦察兵才得知，将军本人正在燕然前线鏖战。这样的故事背景注定了诗人眼中的边塞景物不可能如"葡萄美酒夜光杯"般活色生香。他眼中的塞外风光奇特而壮丽，画面开阔，意境雄浑，是王国维称之为"千古壮观"的名句："大漠"的"大"字暗示了沙漠戈壁的浩瀚无边。放眼望去，一片荒凉，唯有烽火台燃起的那一股"孤烟"直上九霄，格外醒目。沙漠上没有山峦林木，只有那横贯其间的九曲黄河伸向无尽的远方，就非用一个"长"字不能表达诗人的感觉。落日，在天地交汇的地平线上浑圆、昏黄，却给人以亲切温暖而又苍茫的感觉。诗人把自己像随风而去的蓬草一样出临"汉塞"，像振翩北飞的"归雁"一样进入"胡天"的孤寂情绪，巧妙地溶化在广阔的自然景象的描绘中，不仅准确地描绘了沙漠的景象，而且表现了作者深切的感受。全诗不但首尾两联叙事平实，颔联和颈联的写景词句也没有过多的修饰，仅仅客观地介绍了景物本身的模样。这种白描手法带来的落寞与苍凉之感，恰与作者被排挤出朝廷的失落心境相吻合。

2. 平易朴实的语言

语言的平易朴实，并不意味着简单乏味。而是言浅意深，言近旨远。这是自《古诗十九首》以来"浅而能深，近而能远"（胡应麟《诗薮·内编》卷一）的艺术传统。

（名篇示例）

题西林壁

（北宋）苏轼

横看成岭侧成峰，远近高低各不同。

不识庐山真面目，只缘身在此山中。

  宋代盛产哲理诗，不知是否与书院文化的兴起和程朱理学大行其道有关？即便洒脱旷达如苏轼，亦不能免俗。这首小诗即将哲理蕴含在对庐山景色的描绘之中。难得的是，虽是说理，但作者并未故弄玄虚，而是用贩夫走卒式的俗语娓娓叙说山峦起伏的"远近高低各不同"，提出"不识庐山真面目"的质疑，最终引出因为身在庐山之中，视野为庐山的峰峦所局限，看到的只是庐山的一峰一岭、一丘一壑，局部而已，这必然带有片面性的哲思。

  苏子以平易朴实的语言即景说理，谈游山的体会。启迪人们认识为人处世的哲理：由于人们所处的地位不同，看问题的出发点不同，对客观事物的认识难免有一定的片面性；要认识事物的真相与全貌，必须超越狭小的范围，摆脱主观成见。本诗正可谓言浅意深、言近旨远的佳作。

3. 平淡的意境

—(**名篇示例**)—

春晓

（唐）孟浩然

春眠不觉晓，处处闻啼鸟。

夜来风雨声，花落知多少。

这首诗是诗人隐居在鹿门山时所作，意境十分优美。春宵梦酣，天已大亮了还不知晓，一觉醒来，屋外已满是鸟儿的欢鸣。这是我们多么熟悉的假日晨曦啊：悠然懒起，蒙眬中忆起昨夜曾听到一阵风雨声，想来现在庭院里盛开的花儿已经被摇落了不知多少呢！整首诗的语言平易浅近，自然天成，一点也看不出人工雕琢的痕迹。而又景真情真，言浅意浓，就像是从诗人心灵深处流出的一股泉水，晶莹剔透，律动着生命的脉搏。读之，如饮醇醪，不觉自醉。

这于娓娓道来中自然流露出的淡然的生活状态，没有世俗的目标，没有忙碌的节奏，只于简单平淡中流露出诗人爱春的喜悦心情，甚至连这喜悦都是极平淡的。诗人情与境会，觅得大自然的真趣和神髓。"文章本天成，妙手偶得之"，这是最自然的天籁，是个中圣手"一任天然"的神来之笔。

4. 人人心中都有的真情实感

— (名篇示例) —

回乡偶书

(唐) 贺知章

少小离家老大回,乡音无改鬓毛衰。

儿童相见不相识,笑问客从何处来。

贺知章在天宝三年(公元 744 年)辞去朝廷官职,告老返回故乡越州永兴(今浙江萧山)时,已 86 岁。这时,距他离乡已有 50 多个年头了。可以想见,一个久客异乡的老人,突然回到故里,见到山川依旧,物是人非,那种既熟悉又陌生的感觉,即便放到今天,也是为许多春节返乡的游子们所熟悉的况味。更何况,一个 86 岁的老人,怎能不生出人生易老,世事沧桑的无限感慨来呢?

中华民族是一个安土重迁的民族,叶落归根是每一个游子的心愿。"鬓毛衰"本是离乡数十年来宦游奔波的必然结果,幸而在白发飘垂的暮年,终于返回朝思暮想的故乡,因而诗人这时的感情是悲喜交集,感慨与激动参半的。然而儿童那淡淡的一问却成了对诗人重重的一击,引出了诗人的无限悲哀。全诗就在这有问无答处悄然作结,而弦外之音却如空谷传响,哀婉备至,久久不绝。

全诗采用白描手法、用自然朴素的语言抒写了一份每一个游子心中都曾体验过的真挚而深厚的感情。读之淡然,却令人回味无穷。

二、作者自身的心理需求

诗歌的创作者是人,那么诗歌所表现出来的艺术风格就会受到诗人各自的生活经历、思想观念、艺术素养、情感倾向、个性特征、审美理想的不同影响,必然会在艺术创作中自觉或不自觉地形成区别于其他艺术家的各种具有相对稳定的创作个性。艺术风格就是创作个性的自然流露和具体表现。刘勰在《文心雕龙·体性》中说:"……才有庸俊,气有刚柔,学有浅深,习有雅郑,并情性所铄,陶染所凝,是以笔区云谲,文苑波诡者矣。"就是在讲造成不同艺术风格的主观条件。前文所述不同层次的艺术追求,是基于作者自身不同的生活经历、情感倾向、以及由此产生的不同心理需求而形成的。古人在进行艺术鉴赏时,十分讲究"知人论世",即是这个道理。

"知人论世"一词,源出《孟子·万章下》的一段话:"颂其诗,读其书,不知其人,可乎?是以论其世也。"后人将这段话浓缩,成为"知人论世"一词。这段话的第一句说,学诗、读书,不能不了解作者其人。第二句是说,要想了解作者其人,就要研究他所处的时世,即时代、世事。回望中国两千年来浩浩荡荡的诗歌史,灿若星辰的大师们所表现出来的不同艺术追求和创作风格,的确与每个人的成长经历、时代变迁有着千丝万缕的联系。

1. "雅"给卑微者带来了荣光

对于初学者来讲,对诗歌遣词造句之"雅"的追求是必经的阶段,本无可厚非。尤其是初出茅庐的年轻人，喜欢在作品中创造光怪陆离、雄奇瑰丽的世界，营造或哀婉惆怅、或淡雅清新的小情小调，或是以渲染田园风光的优美来表达自己对生活的热爱，都是很值得肯定的艺术尝试。这个过程，恰好丰富了年轻作者的生命体验，拓宽了创作道路，使他们的技法日臻成熟，抒情不落痕迹，最终到达炉火纯青的境界。

但如果以辞藻华美、意境绚丽为终生的艺术追求，并稳定成自己独特的艺术风格，直到晚年都还在写"娇艳欲滴"的作品，这就与大多数人的心理成长成熟过程不太一致了。一般情况下，人在年轻时需要社会的认可，所以往往有"语不惊人死不休"的执着追求，于是在意象、意境上斧凿的痕迹比较清晰。中年以后，会随着阅历的增长而内心渐趋平和，不再对他人是否认可自己抱有执念，因而风格上或多或少会渐趋洗练、质朴。具体表现就是，豪放的更率性、更随意了，婉约的更朴素、更真诚了。正所谓"少年不识愁滋味，爱上层楼。爱上层楼，为赋新词强说愁。而今识尽愁滋味，欲说还休。欲说还休，却道天凉好个秋"！

李商隐出身于小官吏家庭，父亲和祖父都是县令，但10岁左右父亲去世，李商隐成了家里年龄最大的男丁，兼顾看书的同时还要出门做苦力赚取生活费。后经人介绍，认识了曾经担任过宰相的东都洛阳留守令狐楚。令狐楚很赏识年轻的李商隐，把自己写作诗文的技巧教给了他，还带着他出门游历，让他多看多学，大有提拔重用之意。李商隐结识了这样一位显赫的前辈，似乎功名利禄唾手可得。然而令狐大人深谙驭人之术，他要让李商隐先苦闷于郁郁不得志，再让自己的儿子令狐绹提携他，从而让李商隐感恩戴德，死心塌地辅佐儿子。这样的设计就注定了李商隐的坎坷，更何况，令狐楚意外早亡，没有政治经验的李商隐因为婚姻陷入了牛李党争的漩涡……政治上的不成熟、为人上的恃才傲物、生活上的处处留情不检点，让李商隐一生奔波在各个幕府和县尉一类的底层职位上，最高官职仅为秘书省校书郎。这使得16岁即随令狐楚出入朝堂的李商隐倍感屈辱，因此他太需要人们仰慕他的才华了！

李商隐也的确用自己极其唯美的诗歌赢得了世人的认可。他的诗善于用艳丽精致的艺术形式表达怅惘落寞的情绪，具有沉痛凄切的抑郁情调，忧伤的美。同时追求一种细腻婉约的的表达方式，诗而词化的特征比较显著，在诗与词之间搭起一座过渡的桥梁。那些朦胧含蓄的华美诗句，至今都是感伤文学的典范。

—（ 名篇示例 ）—

锦瑟

（唐）李商隐

锦瑟无端五十弦，一弦一柱思华年。

庄生晓梦迷蝴蝶，望帝春心托杜鹃。

沧海月明珠有泪，蓝田日暖玉生烟。

此情可待成追忆，只是当时已惘然。

无题

（唐）李商隐

凤尾香罗薄几重，碧文圆顶夜深缝。

扇裁月魄羞难掩，车走雷声语未通。

曾是寂寥金烬暗，断无消息石榴红。

斑骓只系垂杨岸，何处西南任好风。

秦观也遇到了同样的人生难题。虽自幼研习经史兵书，生性豪爽，洒脱不拘，溢于文词，但这位少有才名的翩翩少年并没有世家子弟那样的进身之阶。再加上15岁丧父，更使他一下子陷入了前途渺茫的困顿状态。少年失怙的他太需要成功了，太需要来自外界的认可和提携了。而他得到认可的唯一途径，就是他那纵横捭阖、汪洋恣肆的诗文了。所以这一时期的《郭子仪单骑见虏赋》《黄楼赋》都极尽铺陈描摹之能事，读来辞彩绚烂、气势雄浑，令人为之振奋、拍案叫绝。然而，这种"英雄沉下僚"的郁郁不得志一直持续到他30岁。这由束发到而立的15年，恰是一个人人生观、价值观形成的关键时期，因而秦观终其一生都渴望社会的认可。熙宁十年(1078年)，苏轼自密州调任徐州知州，秦观前往拜谒，写诗道："我独不愿万户侯，惟愿一识苏徐州。"(《别子瞻学士》)。可见，对出人头地的极度渴望让这位大才子陷入了卑微的阿谀奉承。次年，他应苏轼之请写了一篇《黄楼赋》。之后，才在苏轼、王安石两位文坛前辈的鼓励、称许下，赴京应试，逐渐走上仕途。

秦观早年郁郁不得志，政治上多次受到打击，屡遭流贬之苦，这几乎是封建社会众多下层文士悲剧命运的缩影。所以，秦观以其婉约凄美的优秀词作，传递出广大文士共同的悲哀，终于用作品为自己正了名。

—（名篇示例）—

鹊桥仙

（宋）秦观

纤云弄巧，飞星传恨，银汉迢迢暗度。金风玉露一相逢，便胜却人间无数。

柔情似水，佳期如梦，忍顾鹊桥归路。两情若是久长时，又岂在朝朝暮暮。

踏莎行·郴州旅舍

（宋）秦观

雾失楼台，月迷津渡。桃源望断无寻处。可堪孤馆闭春寒，杜鹃声里斜阳暮。

驿寄梅花，鱼传尺素。砌成此恨无重数。郴江幸自绕郴山，为谁流下潇湘去。

2. "平"是自信者的信手拈来

从心理学来讲，一般幼年生活非常幸福的人，比较容易自信。

即便他们成年以后再经历一些世事的坎坷，也能够以强大的内心承受住，不至于产生强烈的自卑。所以幼年生活幸福的人，容易在诗歌作品中以自信的心态信手拈来，轻松地冲破规范和束缚，写出平易朴实、巧妙天成的优秀作品来。

所谓"幼年生活幸福"，并不是指物质生活的富足，而是要在一个宽松的环境下成长，得到父母无条件的爱、欣赏和宽容，有比较强的安全感。这样才能真正形成那种不受条框约束、个性洒脱张扬、敢于用质朴的俗语入诗的创作风格。

例如，李白在《南陵别儿童入京》里就非常坦率地表达了自己的兴奋和愉悦：当玄宗派人来请他入京供奉翰林的时候，他说"仰天大笑出门去，我辈岂是蓬蒿人"。一般人即便心里这么想，也不敢或不好意思说出来。但是李白就敢！他还说，"天生我才必有用，千金散尽还复来"。试问，有多少人敢说自己的才华一定会被社会重用，而不在乎别人笑话自己自负呢？因为李白少年时代不但生活优渥，还有思想开明的父亲给予了他极大的自由度，让他修道术、练剑术，有机会博览群书，更与蜀中各路高人交游切磋。李白15岁即展现出超越常人的才华。于是父亲又给他千金，支持他仗剑出川，寻师访友。这样被欣赏着长大，被世人惊为"谪仙人"的少年才俊，怎能不以极大的自信，把"吾爱孟夫子，风流天下闻"这样的大白话写进诗中？

另外一位诗词作品特别平易朴实的大师是南唐后主李煜。虽然是亡国之君，但他绝对算得上是造诣颇深的诗词大家。李煜生长于深宫，从小被宫妇和仆从夸赞、奉承，大约从没有想过自己要怎么做才能赢得他人认可的问题。所以，他的诗词只追求宣泄自己内心的情绪，并不局限于诗词的格律规范，更不会刻意堆砌华美的辞藻。他常常会把非常平实的场景和语言写进诗词中，仿佛正在与身边的宫女一问一答："春花秋月何时了？""小楼昨夜又东风，故国不堪回首月明中。""问君能有几多愁？恰似一江春水向东流。"而我们后世俗人，只合把这君王的日常聊天当成千古绝唱去背诵，去膜拜。

同样，李清照也是一位在无尽的爱与宽容中成长起来的女子。所以她比同时代的那些受着三纲五常封建礼法束缚的女子都敢爱敢恨。这一点，从她后半生坚决不受第二任丈夫的凌辱，即便告到官府、拼个鱼死网破也要从没有尊严的婚姻里挣脱出来的女侠气概，就可见端倪。所以她在写自己的情感时，也是非常大胆直率的。在《点绛唇》里，她写一个少女荡完秋千撞见了来访的客人，一脸娇羞地"和羞走，倚门回首，却把青梅嗅"，用白描手法，简单直白地勾勒出一个少女怀春又非常羞涩的生动画面，根本不在乎世人是否会讥笑她不够端庄。即便到了中年以后，经历了人生无数的起起伏伏，心爱的丈夫赵明诚去世，晚年漂泊无依，被第二任丈夫欺骗和欺凌，人生境遇急转直下，李清照也依旧平和地说："帘卷西风，人比黄花瘦"，全然不顾世人对自己的鄙薄。"人比黄花瘦"，多么平淡的一句话啊！却成为了这首《醉花阴》的点睛之笔。

这就是自信的大师们最高的艺术追求——平淡。

名篇示例

赠孟浩然

（唐）李白

吾爱孟夫子,风流天下闻。

红颜弃轩冕,白首卧松云。

醉月频中圣,迷花不事君。

高山安可仰,徒此揖清芬。

虞美人

（五代十国）李煜

春花秋月何时了？往事知多少。小楼昨夜又东风,故国不堪回首月明中。

雕栏玉砌应犹在,只是朱颜改。问君能有几多愁？恰似一江春水向东流。

点绛唇

（宋）李清照

蹴罢秋千,起来慵整纤纤手。露浓花瘦,薄汗轻衣透。

见客入来,袜刬金钗溜。和羞走,倚门回首,却把青梅嗅。

醉花阴

（宋）李清照

薄雾浓云愁永昼，瑞脑销金兽。佳节又重阳，玉枕纱厨，半夜凉初透。

东篱把酒黄昏后，有暗香盈袖。莫道不销魂，帘卷西风，人比黄花瘦。

第四节　诗歌趣味练习

诗歌创作对于古人来讲，是日常生活的一部分。生活中的点滴小事可以用诗歌来记录，事业上的起伏跌宕、心情的喜怒哀乐等都可以用诗歌来表达，诗歌甚至是他们饮酒时分曹射覆的娱乐。今人学写诗歌，也应该秉承古人这一传统，在轻松愉悦中，以游戏的心态走入诗歌创作的艺术殿堂。

以下几个诗歌趣味小练习，可以帮我们开启一下"游戏诗歌"的全新视角。

一、将下面的英文诗译成不同风格的中文诗歌

—（原作）—

You say that you love rain,

but you open your umbrella when it rains...

You say that you love the sun,

but you find a shadow spot when the sun shines...

You say that you love the wind,

But you close your windows when wind blows...

This is why I am afraid,

You say that you love me too...

—(参考答案)—

2013年11月7日,新浪微博@微报纸帐号发了这段话并求翻译。于是有许多投稿作品、书中所引只是其中一部分,且多见于公众平台。

【普通现代诗版】

你说你喜欢雨,但是下雨的时候你却撑开了伞;

你说你喜欢阳光,但当阳光播撒的时候,你却躲在阴凉之地;

你说你喜欢风,但清风扑面的时候,你却关上了窗户。

我害怕你对我也是如此之爱。

【诗经版】

子言慕雨,启伞避之。子言好阳,寻荫拒之。

子言喜风,闭牖离之。子言偕老,吾所畏之。

【离骚版】

君乐雨兮启伞枝,君乐昼兮林蔽日,君乐风兮栏帐起,君乐吾兮吾心噬。

【五言诗版】

恋雨偏打伞,爱阳却遮凉。风来掩窗扉,叶公惊龙王。

片言只语短,相思缱绻长。郎君说爱我,不敢细思量。

【七言绝句版】

恋雨却怕绣衣湿,喜日偏向树下倚。

欲风总把绮窗关,叫奴如何心付伊。

【七律版】

江南三月雨微茫,罗伞叠烟湿幽香。

夏日微醺正可人,却傍佳木趁荫凉。

霜风清和更初霁,轻蹙蛾眉锁朱窗。

怜卿一片相思意,犹恐流年折鸳鸯。

二、将《诗经·关雎》改写成现代歌词

琼瑶曾将《诗经·蒹葭》改写成现代歌词《在水一方》。请仿照这一做法,将《诗经·关雎》改写成现代歌词,并选取一个旋律填词。

—(原作)—

诗经 关雎

关关雎鸠,在河之洲。窈窕淑女,君子好逑。

参差荇菜,左右流之。窈窕淑女,寤寐求之。

求之不得，寤寐思服。悠哉悠哉，辗转反侧。

参差荇菜，左右采之。窈窕淑女，琴瑟友之。

参差荇菜，左右芼之。窈窕淑女，钟鼓乐之。

—（参考答案）—

【习作一】

《关雎》改编

鲍文硕（13岁）

（翻唱《卷珠帘》旋律）

雎鸠鸟，歌唱在河中央

歌声清脆明朗

爱彷徨 眼明亮

千家君子扣门堂

甜蜜蜜 采来荇菜晾

翩翩起舞于河塘徘徊

相思不可相见

日夜思 日夜念

只等叩门妆抹艳

只是心上人 影未现

啊 日夜不寐

寤寐思服又为谁

啊 荇菜行行

心上人来 只把心事埋

荇菜飞入相聚的清晨

琴瑟吹出新婚

钟鼓响出那气氛

荇菜飞 丽华响

终成眷属 情深意长

【习作二】

《关雎》改编

张琭瑶（13岁）

（翻唱《忆红莲》旋律）

侧耳 雎鸠关关和鸣声

抬眉 河中央两两缠绵在小洲

一眼 明眸皓齿窈窕人

举手投足间

便惊鸿

绿荇 轻轻随水波摆动

佳人 纤纤玉指心头划过

自此 夜夜难眠叹孤影

我眼里心里

都是你

是你笑靥媚如初

我呆立河畔

是我尝相思味苦

我念你无眠

是我贪恋却踟蹰

你衣袖轻舞

还在相思河

绿波中 你手 轻轻掠过水中绿

我手 拨离琴弦诉说爱慕之情

如初 是你杳然若绯雾

还在相思河

绿波中

是谁笑靥媚如初

谁痴心如故

谁人玉指抚绿荇

又见谁鸣鼓

谁人贪恋却踟蹰

半池犹荣枯

还在相思河

绿波中

依然相思河

绿波中

【习作三】

《关雎》改编

郭宜林（12岁）

（翻唱《大鱼》旋律）

溪水无声将荇草片片淹没

流到天空尽头的角落

雎鸠在印象的长河边飞过

唤起你黯淡的烟火

听琴瑟枯朽 闻钟鼓寂寞

执子手离隐红尘之交错

雎鸠的鸣声 已经太萧索

我放飞思念的魂魄

怕你随风去 怕你离我而去

更怕你漂泊在存亡之际

每一滴泪水 都向你流淌去

倒流进波涛的回忆

溪水无声将荇草片片淹没

流到天空尽头的角落

雎鸠在印象的长河边飞过

唤起你黯淡的烟火

听琴瑟枯朽 闻钟鼓寂寞

执子手离隐红尘之交错

雎鸠的鸣声 已经太萧索

我放飞思念的魂魄

看你随风去 看你离我而去

原来你生来就异于朝夕

每一滴泪水 都向你流淌去

倒流回轮回的期许

三、将《短歌行》的前四句改写成七言绝句

—(原作)—

短歌行

(东汉)曹操

对酒当歌,人生几何!譬如朝露,去日苦多。

慨当以慷,忧思难忘。何以解忧?唯有杜康。

青青子衿，悠悠我心。但为君故，沉吟至今。

呦呦鹿鸣，食野之苹。我有嘉宾，鼓瑟吹笙。

明明如月，何时可掇？忧从中来，不可断绝。

越陌度阡，枉用相存。契阔谈䜩，心念旧恩。

月明星稀，乌鹊南飞。绕树三匝，何枝可依？

山不厌高，海不厌深。周公吐哺，天下归心。

参考答案

【习作一】尹思语（13岁）

> 望天下把酒当歌，叹人生须臾几何。
>
> 譬如暮尽朝露起，只苦流年去日多。

【习作二】蔡育希（12岁）

> 青梅煮酒对当歌，浮生如梦更几何？
>
> 恰如明朝朝日露，去日繁苦苦益多。

【习作三】何嘉润（12岁）

> 对酒当歌朝天啸，人生几何日苦多。
>
> 譬如皓月耀华夏，冥宇逝水傲雄波！

【习作四】杨丹晨（13岁）

> 觥筹交错对酒歌，尘世红颜今几何。

譬如拂晓凝清露，惟叹去日逝若河。

【习作五】杨璨西（12岁）

星起银汉醉长虹，月悬清江振高歌。

酾酒还添春秋去，醉里人生复几何？

【习作六】王涵旸（12岁）

举樽浊酒对清歌，叹我今生壮几何。

譬如朝下坠轻露，去日茫茫苦几多。